Gustav Pawlikowski

Um eine Krone

Tragödie in fünf Akten

Gustav Pawlikowski

Um eine Krone
Tragödie in fünf Akten

ISBN/EAN: 9783743352339

Hergestellt in Europa, USA, Kanada, Australien, Japan

Cover: Foto ©Andreas Hilbeck / pixelio.de

Manufactured and distributed by brebook publishing software
(www.brebook.com)

Gustav Pawlikowski

Um eine Krone

Um eine Krone.

Tragödie in fünf Acten

von

Gustav Pawikovski.

Wien, 1878.

Selbstverlag des Verfassers.

In Commission der Wallishausser'schen Buchhandlung (Josef Klemm

Wien, Hoher Markt Nr. 1.

Bühnen gegenüber Manuscript.

Das Aufführungsrecht ist nur durch den Verfasser:

Gustav Pawikovski in Wien (VIII., Piaristengasse 15

zu erwerben.

———◦□◦———

Vorliegendes Werk schrieb ich im Winter von 1876 auf 1877; ein eigenthümlicher Zufall fügte es, daß derselbe Stoff damals gleichzeitig und ohne mein Wissen von einem anderen Autor, Herrn Franz Nissel, bearbeitet wurde, dessen Trauerspiel „Agnes von Meran" schon im vorigen Jahre erschien, während mir die Veröffentlichung meines Werkes erst jetzt möglich geworden ist.

Wien, im November 1878.

Gustav Pawikovski.

Personen.

***

Philipp II. Augustus, König von Frankreich.

Erzbischof Wilhelm Graf von Champagne, dessen Oheim.

Bischof Walther von Noyon.

Rigord, Geheimschreiber und Günstling des Königs.

Berthold II., Herzog von Meran.

Agnes, dessen Tochter.

Graf Raymund von Toulouse.

Ingeburg, Prinzessin von Dänemark.

Peter von Röschild, Führer der dänischen Gesandtschaft.

Clairmont, Hauptmann der königlichen Trabanten.

Thibeau de Garlande, Seneschall von Frankreich.

Peter von Capua, Cardinal-Legat des Papstes.

Ein Mönch.

Ein Bote.

Zwei Wachen.

Ein Kämmerer.

Eine Kammerfrau Ingeburg's.

Ein Page der Königin.

Geistliche und weltliche Würdenträger von Frankreich: dänische
Gesandte, Hochzeitsgäste, Herren und Damen des Hofstaates, Ritter, Pagen, Volk.

* * *

Die Handlung spielt 1193—1201; Ort derselben das Hoflager des
Königs, abwechselnd zu Amiens, Beaurepaire und Paris.

***

Erster Act.

Mit einer Brüstung versehene Terrasse des Schlosses
zu Amiens; Hintergrund eine festlich geschmückte Straße
der Stadt.

Erste Scene.

Bischof Walther; ein Mönch (stehen links seitwärts im Vorder-
grunde).

Walther:
Du reisest noch in dieser Stunde ab
Und meldest Alles, was ich Dir befohlen,
Zu Rom dem heil'gen Vater Cölestin.
(der Mönch verneigt sich)
Verhehle ihm von unf'rer Lage nichts
Und sprich, es stehe schlimm in unf'rem Lande.
In jedem and'ren Reiche herrscht die Kirche;
Hier dient sie noch; wir können es nicht ändern;
Wir haben wenig Einfluß auf den König,
Der, eifersüchtig auf das Anseh'n Roms,
Nur das befördert, was uns Schaden bringt.

Mönch:
O, gäbe Gott dem heil'gen Vater nur
Den Geist des großen Gregor Hildebrand,
Den Geist, der Könige Gehorsam lehrte!

Walther:
Ja, dächten alle Priester so wie Du
Und ich — dann triumphirte längst die Kirche.
Doch viele fürchten diesen stolzen König
Und sind in ihrem Herzen mehr Franzosen
Als Priester und ergeb'ne Diener Roms.
Und Philipp selbst ist kraftbewußt, doch klug.
Zum off'nen Bruche hat er's nie getrieben.
Doch was er thut, das ist vielleicht noch schlimmer.
Die hohe Schule zu Paris verbreitet

Des Denkens arges Gift; er läßt's geschehn:
Der Albigenser Ketzerlehre nimmt
Von Tag zu Tag im Süden Frankreichs zu.

Mönch:
Mit Schwert und Feuer sollte man sie tilgen!

Walther:
Er wird's nicht thun: denn was der Kirche schadet,
Das, meint er, festige des Thrones Macht.
Nur eine Hoffnung bleibt uns noch: vermelde,
Daß Du, als Du Dich auf den Weg begabst,
Den Hof zu einem Fest versammelt sah'st.
Des Königs Trauung gilt's mit Ingeburg,
Der dänischen Prinzessin; wisse denn:
Wir führten diese Braut in seine Arme.

Mönch:
Ja, ich begreife: Ingeburg ist fromm,
So hört' ich sagen —

Walther:
            Sie ist fromm und gläubig
Und läßt sich leiten von der Kirche Hand:
Durch ihren Einfluß kann es anders werden;
Vielleicht beherrscht die neue Frau den Gatten.
Der König ahnte uns're Zwecke nicht:
Die reiche Mitgift hat die Wahl entschieden,
Ob auch sein eig'ner Ohm dagegen war.
Und diese Ehe kommt nun doch zu Stande,
Das ist zum großen Theile mein Verdienst:
Ich hoffe diese That trägt gute Frucht.

Mönch:
Das walte Gott!
(Während dessen hat sich die Scene nach und nach gefüllt und sich der
Hofstaat versammelt.)

Walther:
            Schon sammelt sich der Hof
Zu dem Empfang der Braut: bevor Du gehst
Noch Eins: ich weiß, daß bald ein neuer Kreuzzug
Gepredigt wird: Pierre von Capua
Ist als Legat für unser Land bestimmt.
Deswegen sage Du dem heil'gen Vater,
Er möge ihn sobald als möglich senden.

Ein solch' Ereigniß greift dem Volk in's Herz,
Die laue Priesterschaft entflammt es wieder.

Mönch:

Der Kirche Ansch'n wird es mächtig heben!

Walther:

Von Nöthen wär's; jedoch, nun lebe wohl!
Man wartet schon auf mich; ich muß zum König.
Hier sind die Briefe! Gott geleite Dich.

(Der Mönch ab.)

Zweite Scene.

Walther mischt sich unter die übrigen auf der Terrasse Anwesenden;
König Philipp kommt mit seinem Gefolge, worunter **Erzbischof
Wilhelm, Rigord, Graf Raymund von Toulouse, Thibeau de
Garlande**; der König wird ehrfurchtsvoll begrüßt.
Ein **Bote** naht; es entsteht eine Bewegung unter den Versammelten;
der König schreitet dem Boten entgegen; diese Beiden treten in den
Vordergrund der Scene und die übrigen Personen sammeln sich in einem
Halbkreise.

Philipp (zum Boten):

Und wo verließest Du den Zug der Braut?

Bote:

Kaum eine Viertelstunde vor der Stadt.

Walther (vortretend):

Die nächsten Augenblicke führen sie
In Eure Arme, königlicher Herr.

Philipp (entläßt den Boten; dieser ab; — zu Walther):

Dann eilet ihr entgegen, Bischof Walther!
Ihr habt für mich um ihre Hand geworben
In Dänemark; so seid denn auch der Erste,
Der sie in meinem Reich willkommen heißt.
Begrüßt sie vor dem Thor; geleitet sie
Hieher, wo wir mit froher Ungeduld
Die Braut erwarten; Alles ist bereit
Zur Trauung, welche dem Vertrag gemäß
Sogleich vollzogen wird.

Walther:

              Und Heil und Segen
Entsprieße Euch aus diesem schönen Bunde!
Ich eile, Majestät!

(Walther ab.)

Philipp (sich gegen seinen Oheim wendend):

Ei, Oheim Wilhelm,
So still? So ernst? Das ziemt sich heute nicht!
An Eures Neffen Hochzeitstage solltet
Ihr fröhlich sein! Blickt auf das Volk hernieder,
Wie sich an seines Fürsten selt'nem Feste
Ein jeder meiner Unterthanen freut.
Der lebensmüde Greis, der Bettler selbst
Nimmt heute Theil an seines Königs Glück;
Und nur mein Ohm, der immer mich geliebt,
Der mich als Knaben auf den Händen trug,
Will mitten in dem allgemeinen Jubel
Mit sorgenschwerer Stirne schweigend stehn!

Wilhelm:

Wie kann ich fröhlich sein, wenn ungewiß
Vor meinem Blick sich Eure Zukunft breitet?
Der Trauung Stunde naht, es naht die Braut;
Ein fremdes Mädchen, das Ihr nie geseh'n
Mit eignen Augen; o, mein theurer Neffe,
War denn dies große Reich nicht groß genug,
Daß sich der Fürst nach seines Herzens Neigung
Die Braut erwählen konnte? Wär es so,
Wie wollt' ich heut' mich Eures Glückes freu'n!

Philipp:

Seid ohne Sorge, Ohm!

Wilhelm:

                              Ich kann's nicht sein,
Denn ich erinn're mich vergang'ner Tage;
Und Euer Glück muß mir gefährdet scheinen;
Denn nicht das Herz, die Staatskunst warb für Euch
Um eine, Eurem Herzen fremde Braut!
Und was das Schlimmste ist, bevor Ihr wißt,
Ob Ihr sie lieben könnt, ob sie Euch liebt,
Habt Ihr's beschworen, sie zur Frau zu nehmen!

Philipp:

Dem Reiche schien die Braut begehrenswerth,
Der König muß mit ihr zufrieden sein.
Ich will in ihren Armen nicht erschlaffen;

Ein Mann wie ich hat Anderes vollauf
Zu thun; nach ein paar Wochen schon
Gedenk' ich gegen England aufzubrechen.
Mir ist die Braut ein Mittel nur zum Zweck.

Wilhelm:

Wie viel des Unheil's sah' ich einst entsteh'n,
Aus solcher Ehe, welche Staatskunst schloß,
Für Eu'ren Vater und für unser Land!
Nun seh' ich Euch ein gleiches Bündniß schließen —
Wenn es nur auch zu Eurem Glücke wird!

Philipp:

Mein guter Ohm, wenn Euch nichts And'res plagt
Als diese Furcht, dann seid getrost vergnügt
Und bleibt um meine Zukunft unbesorgt;
Denn herzlich ist mir meine Braut willkommen.
Sie bringt als Mitgift mir ererbtes Recht
An England zu und reiches Geld und Gut,
Womit ich Heere, Flotten rüsten kann!

Wilhelm:

Doch fehlt die Liebe bei dem Hochzeitsgut,
Dann fehlt die schönste Perle in der Krone!

Philipp:

Daß Ihr doch niemals eines And'ren Weise
Erkennen mögt und mit derselben Elle
Ein jedes Streben messen wollt; auch dann,
Wenn Ihr es nicht begreift! mein guter Ohm,
Sind denn die Menschen alle gleicher Art?
Wird Jeder nicht nach seiner Weise froh?
So laßt auch mich nach meiner glücklich werden!
Als ich den Thron bestieg, hatt' ich's geschworen,
Daß Frankreichs Ruhm und seines Volkes Wohl
Den Endzweck meines Lebens bilden sollten.
Muß mir da nicht Prinzessin Ingeburg
Als Braut willkommen sein, da diese Ehe
Dem Reiche nützt und meiner Krone Glanz
Vermehrt? Ich kenne keine and're Liebe,
Als meines Vaterlandes Ruhm und Glück!

Und diese Liebe hat für mich geworben:
Darum erwart' ich freudig meine Braut
Und bin bereit vor den Altar zu treten
Mit ihr, sobald sie angekommen ist.
In meinem Namen haben's meine Boten
Also geschworen, und ich werd' es halten!

Wilhelm:

Doch Euer Glück kann leicht gefährdet werden,
Wenn Euch das fremde Mädchen nun mißfiele!

Philipp:

Sie ist, wie meine Boten sagen, schön:
Jung ist sie auch; sie ist aus edlem Blut;
Sie bringt mir eine reiche Mitgift zu; —
Wo sollte da mein Glück gefährdet sein? —
Ich weiß es, was ihr sagen wollt, mein Ohm,
Ihr wollt von Neigung, welche fehlte, sprechen:
Das geb' ich zu; jedoch ich sage Euch,
Ob ich sie liebe und ob sie mich liebt,
Das gilt mir gleich, und das gedenke ich
Nicht zu begehren, noch auch zu vermissen.
Ich kenne lange schon mein eignes Herz:
Stellt sich bei diesem Bund die Neigung ein,
Wird es mich freuen; wenn es nicht geschieht,
Soll's mich nicht kränken: ich entbehre leicht,
Den holden Wahn, den Ihr die Liebe heißt:
Denn größ're Zwecke füllen mir die Seele!

Wilhelm:

Mein theurer Herr! Ihr seid ein großer König:
Jedoch Ihr seid ein Mensch und seid noch jung!
Wer aber kann vor seinem Ende sagen,
Er hätte ganz sein eig'nes Herz erkannt?
Glaubt mir, dem alten, dem erfahr'nen Mann.
In uns'rer Seele ruh'n die Leidenschaften,
Verborgen uns'rem Aug', und schlafen dort
Oft Jahre lang, geahnt nicht, noch erkannt
Von uns, die wir uns ganz zu kennen meinen:
Bis einst die Stunde kommt, die sie erweckt
Und ihre Flammen über uns'rem Haupt

Zusammenschlagen, lohend, riesengroß! —
Ich kann nur beten, daß der Himmel Euch
Bald zur geliebten Gattin werden lasse
Die fremde Braut; jedoch beruhigt sein
Um Eu're Zukunft, dieses kann ich nicht!

Philipp:
In jedem Falle werde ich ein Loos,
Das ich mir selbst bestimmte, willig tragen;
Es trägt sich leicht, was man sich selbst erwählte!

Rigord (der nahestehend zuhörte):
Gewiß; gewiß!

Philipp:
   Mein kluger Freund Rigord,
Du stimmst mir bei!

Rigord:
   Man kann die Handlungsweise
Von Eurer Majestät nur weise nennen.
Denn meinestheils hatt' ich schon viele Männer
Gekannt, die ganz verrückt vor Liebe waren,
Die O! und Ach! geseufzt und Ach! und O!
Doch hatten sie die Braut erst heimgeführt,
Dann ward in kurzer Zeit ein Jeder wieder
Vernünftig, und am glücklichsten war der,
Dem reiches Heiratsgut die Frau gebracht; —
Dem blieb doch Etwas von der Liebe übrig!

Wilhelm:
Ihr seid ein Spötter!

Philipp:
   Laßt ihn doch gewähren,
Auch er hat Recht; — von seinem Standpunkt aus;
Denn wie die Menschen ist das Glück verschieden;
Doch dieses nicht begreifend, quälen Jene,
Oft uns zumeist, die uns am meisten lieben;
Mein guter Ohm begeht denselben Fehler!

Wilhelm:
O möge Gott es mich erleben lassen,
Daß ich den Irrthum eingestehen muß;

Ich will es fröhlich thun!

(Man hört von Ferne Jubelgeschrei des Volkes; Bewegung unter den
auf der Terrasse Anwesenden, welche sich gegen die Brüstung drän=
gen. — Rufe:)

Die Braut! Die Braut!

(Auch der König Philipp und Wilhelm treten nun an die Brüstung
der Terrasse vor.)

Philipp (hinabblickend:)

Es jauchzt das Volk: die breite Straße nieder
Ergießt sich der geschmückte Hochzeitszug;
Inmitten meine jugendschöne Braut!

(zu Wilhelm.)

O, wie doch Eu're Sorgen thöricht waren,
Mein guter Ohm! Seht, näher kommt sie schon:
Wie schön sie ist! Welch' liebliche Gestalt!

(Die Rufe des Volkes werden schwächer und verstummen plötzlich.)

Rigord:

Man winket ab: des Volkes Ruf verstummt!

Philipp (in Extase fortfahrend):

Seht, wie sie sittsam und verwirrt vom Jubel,
Der ihr engegenschallt, das Auge senkt!
Sei mir willkommen, meine holde Braut!

Wilhelm:

Um Gotteswillen, haltet ein! Das ist
Nicht Ingeburg; das ist kein dänisch Volk!
Unsel'ger Irrthum täuschte Euer Auge!

Philipp:

Nicht meine Braut? Nein, nein, das kann nicht sein!

Rigord:

Nun seh' ich's klar; es ist der Zug des Herzogs
Von Meran, der Euch Waffenbruder war
Im heil'gen Lande!

Wilhelm:

O, das blöde Volk

Hielt Hochzeitsgäste für den Zug der Braut!

Rigord:

Das Mädchen dürfte seine Tochter sein.

Graf Raymund:

Sie ist's! Es ist die Blume von Meran!

Rigord:
Ich hörte Lieder an den Minnehöfen
Zu deren Preise singen: ist's dieselbe?

Raymund:
Seh't sie doch an! Kann's eine and're sein?
Die ganze Welt ist ihres Lobes voll: —
Ich sah noch keine, welche schöner war!

Wilhelm:
Es fängt der Tag mit schlimmen Zeichen an!
Wie wird sein Ende sein?

Rigord:
                          Da schreiten sie
Die Treppe schon herauf; ich hatte Recht!

Philipp (sich fassend, laut):
Ich habe mich geirrt; denn nicht die Braut,
Doch werthe Gäste sind es, welche nahen.
                          (Für sich):
O, wie das Mädchen schön geworden ist!

Dritte Scene.

Vorige: Herzog Berthold und Agnes.

Philipp (geht den Ankommenden entgegen, zum Herzog, demselben
die Hand reichend):
Seid mir willkommen, mein geliebter Freund!
                          (zu Agnes):
Prinzessin, seid von Herzen mir begrüßt!
Seid mir willkommen, meine edlen Gäste!

Berthold:
Ich sage Eurer Hoheit schönsten Dank!

Philipp:
Ja, wenn die werthesten der Freunde kommen,
Den weiten Weg nicht scheuend, solches ist
Ein gutes Zeichen meinem Hochzeitsfeste!

Berthold:
Es möge Euch ein gutes Zeichen sein,
Mein edler Freund! Ja, es ist lange her,
Daß ich Euch nicht geseh'n!

Philipp:

Im heil'gen Lande
Bei Accon war's; drei volle Jahre sind
Seither verflossen; doch die wahre Freundschaft,
Die bleibt vom Lauf der Jahre unberührt!

Berthold:

Und nicht nur unberührt: sie steigt im Preise,
So wie ein edler Wein mit jedem Jahr,
Um das er älter wird, an Werth gewinnt!

Philipp:

Und da ich lang den Freund entbehren mußte,
So heißt mein Herz Euch doppelt nun willkommen!

Berthold:

Ich hatte den Besuch schon lange vor,
Stets aber mußte was dazwischen kommen:
Ihr wißt ja, wie es Unsereinem geht:
Der Weg ist weit, man kann vom Haus nicht fort!
Doch als die Botschaft Eurer Hochzeit kam,
Hielt mich's nicht länger und ich macht mich auf,
Zu diesem Fest Euch herzlich Glück zu wünschen.

Philipp:

Und daß Ihr die Prinzessin mitgebracht,
Das macht mir eine ganz besond're Freude!

Berthold:

Sie wollte mit und ließ mir keine Ruh,
Bis ich es ihr gewährte; nun ich sträubte
Mich wohl ein Weilchen; doch was wollt ich thun?
Sie hat mir die Erlaubniß abgeschmeichelt:
Das kann sie Euch! — Je nun, ich nahm sie mit!
Zudem ist ihre Tante Oberin
In Eurem Kloster Beaurepaire: die Frau
Ist schon bei Jahren, und sie sehnt sich sehr
Vor ihrem Tode meine Agnes noch
Einmal zu seh'n: so wollen wir ihr denn
Die Freude machen; lange kann ich zwar
Von Hause fern nicht bleiben: wir gedenken
Nur Eurem Hochzeitsfeste beizuwohnen
Und morgen schon nach Beaurepaire zu reisen.

Philipp:
Ich laſſe Euch ſo ſchnell nicht fort und halte
In meiner Freundſchaft Banden Euch gefangen
Durch eine läng're Zeit!

Berthold:
                    Ich bliebe gern,
Doch kann's nicht ſein; es fehlt der Herr zu Hauſe
An allen Ecken!

Philipp (zu Agnes):
                    Bittet doch den Vater
Mit mir, Prinzeſſin, daß er länger bleibe!

Berthold:
Was das betrifft, die wäre bald dabei!
Doch ſchau mir Einer nur das Mädchen an!
Am ganzen Wege ſchwatzte ſie mir vor
Und konnte kaum der Reiſe Ziel erwarten.
Verwirrt vom Prunk und von den vielen Leuten
Steht ſie nun da und weiß kein Wort zu ſagen,
Als hätt' ſie Euch ihr Lebtag nicht geſeh'n!
Haſt Du den edlen Freund denn ganz vergeſſen?
Du thatſt doch einmal ſehr vertraut mit ihm;
Weiß't Du, als er in's heil'ge Land gezogen
Und unter unſ'rem Dach als Gaſt verweilte! —
Du warſt ein Kind und trugſt noch kurze Kleider;
S'iſt lange her! Jedoch der edle Freund,
Der damals gern Dein fröhlich Treiben ſah,
Hat Dir gewiß ein wenig Gunſt bewahrt!

Philipp:
Das Fräulein wuchs und meine Gunſt desgleichen!

Berthold:
So faſſe Dich doch Mädchen, denkſt Du ihm
Zu ſeinem Hochzeitsfeſt nicht Glück zu wünſchen?

Agnes:
Mein lieber Vater ſeid mir d'rum nicht böſe!
                    (zum König):
Verzeih' mir Eure Majeſtät! Ich bin
Noch ganz betäubt, von all' dem ungewohnten
Gepränge und Geſchrei; noch ganz verwirrt:
Ich nahe ſpät mit meinem Wunſch, jedoch

Er kommt von Herzen; nehmt ihn freundlich auf!
Ich werde für Euch beten, daß der Himmel
Euch alles Glück der Erde schenken möge!

Philipp:

Nehmt meinen wärmsten Dank für Euren Wunsch,
Mein holdes Fräulein! tretet doch zu mir
Ein wenig näher her: gewährt mir's doch!
Welch' eine große schöne Dame ist
Aus meiner kleinen Freundin doch geworden!
Ich hätt' Euch ja beinahe nicht erkannt!
Die Agnes, die ich vor drei Jahren kannte,
War einer zarten Knospe gleich; nun schaue
Die Blume ich, zur vollen Pracht entfaltet,
Und freue mich des schönen Wiederfindens,
Und denke mir, da wird wohl nicht viel Zeit
Verfließen, daß an ihrem Hochzeitstage
Ich ihr den Glückwunsch wiedergeben kann.

Agnes:

O gnäd'ger Herr, das wird wohl nie gescheh'n!

Philipp:

Warum denn nicht? Wenn nur der Rechte kommt!

Agnes:

O nimmermehr!

Philipp:

    Wohl eher als Ihr denkt!

Berthold:

Das sag' auch ich und wünsch' es zu erleben;
Doch wüßtet Ihr, welch thörichten Gedanken
Das Mädchen nachhängt, glaubtet Ihr es nicht!
Stellt Euch nur vor: sie will in's Kloster treten.
Woher mit einemmal solch ein Entschluß
In ihr gereift, das mag der Himmel wissen.
Vergebens müh' ich mich, von dem Gedanken
Sie abzubringen; immer bittet sie
Von Neuem, daß ich ihr den Wunsch gewähre;
Jedoch, so lang ich lebe, darf sie nicht;
Ich kränkte mich darüber selbst zu Tode; —
Ist sie mir doch das Liebste meiner Kinder!

Philipp;
Es ist vielleicht nur eine Mädchenlaune,
Die bald vorübergeht.

Berthold:
Ich hoffe das
Und habe sie auch deshalb mitgenommen;
Vielleicht daß die Zerstreuung dieser Reise
Das Kind auf andere Gedanken bringt!

Philipp:
Laßt einmal seh'n! Vielleicht gelingt es mir!
(zu Agnes):
Prinzessin, sagt, gedenkt Ihr noch der Zeit,
Da ich als Gast in Eurem Hause weilte?

Agnes:
Ich hab es nie vergessen!

Philipp:
Damals habt
Ihr Eurem Gaste viel zu Lieb' gethan.
Ich war des frohen Kindes guter Freund.
Doch sagt mir, würdet Ihr, wenn ich Euch bäte,
Mir heute auch noch einen Wunsch gewähren?

Agnes:
Wenn ich's vermag, gewiß von Herzen gern!

Philipp:
Nun Ihr vermögt's!

Agnes:
Dann will ich's gern erfüllen,
Ob ich auch noch nicht weiß, was Ihr begehrt;
Unedles kann ein edler Fürst wie Ihr
Nicht fordern!

Philipp:
Nun, ich habe Euer Wort!
Und was ich wünsche, müßt Ihr nun erfüllen:
Ihr sollt mir nie mehr den Gedanken hegen,
Im Kloster Eure Jugend zu begraben!

Agnes:
O, du mein Gott!

Philipp:
Laßt ein verfehltes Leben,
Laßt einen reuevollen Missethäter

2

Im Kloster Frieden suchen, Ruhe finden:
Jedoch die Lebenslust, die Jugendkraft,
Die Schönheit soll auf Erden glücklich werden
Im Leben selbst, wozu sie Gott erschuf!

Agnes:

Nein, nein, das ist nicht recht von Euch, mein König!
Ihr habt mir damit herzlich weh gethan;
Wie sehr, das wißt Ihr nicht! Steht ab davon!

Philipp:

Es wäre Sünde, wenn ich dieses thäte;
Ich halte Euch an Eurem Worte fest: —
Ihr aber sollt es mir zu Dank noch wissen,
Wenn Ihr als eines edlen Mannes Braut
Dereinstens zum Altare schreiten werdet!

(innig)

Und wenn Ihr dann von Herzen glücklich seid,

(mit Resignation)

So denket auch mitunter freundlich meiner!

(Die Glocken beginnen zu läuten)

Doch nun, Ihr werthen Gäste, tretet ein!
Es naht die Braut; verzeiht! Auf Wiederseh'n!

(Berthold und Agnes treten unter die Uebrigen auf der Terrasse an=
wesenden Gäste und begrüßen Einige davon, als den Erzbischof Wil=
helm, Grafen Raymund ꝛc. Der König bleibt im Mittelpunkte,
an die Brüstung der Terrasse gelehnt, stehen.)

Philipp (für sich):

Von Jemand, den man liebt, geliebt zu sein,
Das muß wohl doch unendlich glücklich machen!
Ich fühl' es nun in meiner tiefsten Seele:
Doch die Erkenntniß nahte mir zu spät!
Wie glücklich machte mich der süße Wahn,
Sie wäre meine Braut! Warum, warum
Soll's eine Andre sein? In meinem Herzen
Da rief es laut: nur diese kann es sein!
O, wehe mir, es ist zu spät, zu spät!
Ich stürmt' an meines Herzens Glück vorüber,
Nun führet keine Brücke mehr zurück!
Vergebens breit' ich nun die Arme aus
Nach meiner Sehnsucht heißgelobtem Lande,
Wie Moses, welcher es von ferne nur
Erschauen durfte, aber nicht betreten!

(Rufe des Volkes von ferne):

Heil sei der Braut! Heil uns'rer Königin!

Philipp:

O jauchze nur, mein Volk, und übertöne
Mit Deinem Jubel meines Herzens Klagen,
Und ruf' mich wach aus meinem schönen Traum
Zur rauhen Wirklichkeit! Vollenden muß ich,
Was ich begann, und darf nicht rückwärts blicken;
Es führt kein Weg zurück: ich habe selbst
Mein Loos erwählt und muß es nun zu tragen
Vermögen, muß mein königliches Wort,
Das ich verpfändet, lösen!
(Sich mit Gewalt aufraffend.)
                          Bin ich denn
Ein blöder Jüngling, daß der Anblick nur
Von einem Mädchen meine hohen Ziele
Zerstören kann? Ich will es, weil ich muß,
Und muß es auch vermögen: denn ich will's!
(Die auf der Terrasse Anwesenden drängen gegen die Brüstung. —
Rufe):
Die Braut!

Philipp (hinabblickend):
              Ich seh' Dich kommen, Ingeburg!
Ich werde Dich nicht lieben; doch es sei!
Du scheinst von einer stolzen, kalten Schönheit,
Die glänzen zwar, doch nicht erwärmen kann; —
Ich hätte nur ein einzigmal geliebt!
Zwei Augen schaut' ich, deren milde Strahlen
In meiner Seele tiefste Tiefen drangen
Wie Frühlingssonnenschein; Du aber wirst
Mir Gattin zwar, doch nie Geliebte sein!
(Die Rufe des Volkes erschallen unter der Terrasse; Philipp geht den
Kommenden entgegen; die auf der Terrasse Anwesenden ordnen sich
zum Empfange.)

Vierte Scene.

Ingeburg kommt, geführt von **Peter von Röschild** und **Walther**;
hinter ihnen die dänische Gesandtschaft.

Philipp:

Ich grüße meine königliche Braut,
Und grüße die Gesandten Dänemarks!

Die auf der Terrasse Anwesenden:
Heil unf'rer Königin! dem König Heil!
(Trompetenstoß; unten im Volke wiederholen sich die Rufe.)
Peter von Röschild (Ingeburg dem König zuführend):
Im Namen König Knud's von Dänemark,
Der Euch durch uns den Brudergruß entbietet,
Sei Euch hiemit Prinzessin Ingeburg,
Die Ihr zur Frau begehrtet, übergeben;
Dem edlen Bräutigam — die edle Braut!
Philipp (zu Ingeburg):
Willkommen heiß' ich Euch, und frage Euch,
Seid Ihr bereit, als Gattin mir zu folgen?
Ingeburg:
Der beiden Kronen Rath beschloß es so;
Ich bin bereit, die Königin von Frankreich,
Die Gattin Euch zu sein.
Philipp (für sich):　　　　　Wie stolz, wie kalt!
Jedoch ich kann nicht mehr zurück; es sei!
(sich zwingend):
So reichen wir, besiegelnd den Vertrag,
Der Braut nun unseren Verlobungskuß!
(küßt sie; Trompetenstoß, erneuerte Rufe)
Nun aber laßt zum Altare treten,
Daß uns des Priesters heil'ge Hand vereine!
(für sich):
O, wär es schon vorbei!
Peter von Röschild:　　　　Und Glück erblühe
Und Heil und Segen diesem schönen Bunde!
Dem edlen Brautpaar und den beiden Reichen!
Thibeau de Garlande (vortretend):
Und wie die Häuser ihrer Fürsten nun
Durch Freundschaftsbande eng verknüpft erscheinen,
So sollen auch die beiden großen Völker
Verbrüdert sein; es lebe Dänemark!
Röschild und die dänischen Gesandten:
Es lebe Frankreich!
Die Franzosen:
Heil sei Dänemark!
(Nachdem sich der Jubel gelegt hat)

Philipp:

Wir sind bereit; es ordne sich der Zug!

(Die Anwesenden ordnen sich, und der Hochzeitszug setzt sich in Be=
wegung. Musik.)

Philipp (schreitet im Zuge an Agnes vorüber, hemmt, wie er in
ihre Nähe kommt, den Schritt und blickt zögernd einen Augenblick auf
Agnes):

Mein schöner Traum! Vorbei, vorbei auf ewig!
Vorbei!

(kehrt sich ab und schreitet weiter.)

Agnes (von dem Blicke des Königs getroffen, ergreift wankend den
Arm ihres Vaters):

O, Vater!

Berthold:

Kind, was sicht Dich an?

Der Vorhang fällt.

Zweiter Act.

Empfangsfaal des Schlosses zu Amiens; in der Mitte eine offene Thür, welche in die inneren Gemächer führt.

Erste Scene.

Rigord, Hauptmann Clairmont, Erzbischof Wilhelm: vor der Mittelthür zwei wachhabende Trabanten.

Rigord (eine Pergamentrolle in der Hand, sucht die Wache zu passiren, Clairmont stellt sich ihm in den Weg — zu Clairmont):
Ja, kennt Ihr mich denn nicht und wißt Ihr nicht,
Daß ich zum König freien Zutritt habe?

Clairmont:
Ich kenn' Euch, Herr! doch Niemand darf zu ihm,
Und wenn es auch sein eigener Bruder wäre;
Er wünscht allein zu sein!

Rigord:
                    Wenn ich Euch aber
Nun sage, daß es keinen Aufschub leidet!

Clairmont:
Es darf nicht sein, und wär' es noch so dringend:
Er hat's in eigener Person verboten,
Und insolange er's nicht selbst gestattet,
Ist es unmöglich, Jemand vorzulassen!
                    (zu den Wachen):
Ich sag's euch nochmals, Ihr laßt Niemand vor!
Bei schwerster Strafe! Habt Ihr mich verstanden?
                    (zu Rigord und Wilhelm):
Ich kann nicht anders, werthe Herr'n! Der König
Befiehlt es so, der Diener muß gehorchen!
                    (Ab.)

Rigord:

Was soll ich thun? Ich muß den König sprechen,
Noch diesen Augenblick!

Wilhelm:

Es ist vergebens;
Er läßt ja mich, den eig'nen Ohm, nicht vor,
Geschweige Euch; Ich sage Euch Rigord,
Wir gehen einer schweren Zeit entgegen!
Sah je die Welt so einen Hochzeitstag?
Mir liegt der Schrecken noch in allen Gliedern,
Gedenk ich dran! Hat jemals noch ein Mensch
Bei einer Trauung Aehnliches erlebt?
Unheimlich war's! — ich sage Euch Rigord,
Ein warnend Zeichen Gottes schien's zu sein,
Ein Wunder fast!

Rigord (laut):

Ja zweifellos ein Wunder!
(für sich):
Denn Alles, was die Einfalt nicht begreift,
Das ist ein Wunder!
(laut):
Ganz gewiß ein Wunder!
Es pflegt zwar vorzukommen, werther Herr,
Daß uns beim ersten Anblick schon ein Mensch
Mißfällt, jedoch in dieser Art und Weise —

Wilhelm:

Nein, das ging nicht mit rechten Dingen zu!
Ich glaubt' es nicht, hätt' ich's nicht selbst gesehen.
Die Augen starr auf einen Punkt geheftet,
So stand er am Altare dort vor mir
Mit seiner Braut; sein Antlitz wurde bleich;
Ein jäher Abscheu schien ihn zu ergreifen;
Er, den kein Mensch zuvor noch zittern sah,
Fing an zu beben, wie vom Frost geschüttelt!

Rigord:

Ja es war sonderbar; höchst eigenthümlich!

Wilhelm:

Er suchte mit Gewalt sich zu bezwingen,
Man sah's ihm an; jedoch es war vergebens;

Denn als er das Gelöbniß sprechen sollte,
Da trat der kalte Schweiß ihm auf die Stirne
Wie einem Sterbenden, und seine Lippen
Bewegten lautlos mehremale sich;
Ein dumpfer Schrei entrang sich seinem Munde,
Er fing zu wanken an; man führte ihn
Weg vom Altar, kaum daß die heil'ge Handlung
Vollzogen war; das ist ein Hochzeitsfest,
Daß Gott erbarme! Doch, was soll nun werden?
Des Unheils düst're Wolken ziehen auf,
Und Angst und Schrecken füllen jedes Herz; —
Es ist nun über eine Stunde her,
Daß dies geschah, und er läßt Niemand vor,
Nicht einmal seinen Arzt: jedoch die Wachen
Erzählen, daß er mit verstörtem Antlitz
Und ruhelos durch die Gemächer schreite;
Bald irre Worte redend mit sich selbst,
Bald wieder, als ob er Gespenster sähe,
Zusammenzuckend und in's Leere stierend. —
Doch saget mir um Himmelswillen, Freund,
Was nun beginnen? Rathlos steh'n wir alle
Dem schrecklichen Ereigniß gegenüber.

Rigord:

Es war ein Zeichen, dieses ist gewiß;
Denn, wenn wir's oft auch nicht erkennen mögen,
So leitet dennoch eine weise Hand
Des Menschen Schicksal auf der Bahn des Lebens.
In diesem Falle liegt es klar zu Tage:
Ihr wißt, die Ehe wurde übereilt betrieben.

Wilhelm:

Ja, leider Gott!

Rigord:

　　　　　Der Vorfall in der Kirche
Erschien mir sonderbar und grauenhaft;
So Etwas kann kein bloßer Zufall sein!

Wilhelm:

Das ist es eben!

Rigord:

       Nun, so dacht ich auch;
Ich sann darüber nach und mühte mich
Den Schlüssel dieses Räthsels aufzufinden;
Schon woll't ich d'ran verzagen; da geschah's,
Daß es mich trieb den Stammbaum aufzuschlagen
Des Königs und auch jenen seiner Braut;
Man hatte dies vorher zu thun vergessen
Aus Uebereile; diese Unterlassung
Ist Schuld an Allem!

Wilhelm:

       Diese Unterlassung?
Erklärt Euch näher; ich versteh' Euch nicht!

Rigord:

Sagt mir, ehrwürd'ger Herr, ist Eheschließung
Nicht streng verboten zwischen Anverwandten?

Wilhelm:

Gewiß, von Gott und Kirche; doch wozu
Und weßhalb stellt Ihr eine solche Frage?

Zweite Scene.

Der König tritt mit verstörtem Gesicht aus der Mittelthür und hört
 zu, zuerst gleichgiltig, dann mit steigendem Interesse.

Rigord:

Weil uns'res Königs Ehe sündhaft ist!

Wilhelm:

Wie sagt Ihr, Rigord, wie?

Rigord:

       Seht Euch doch selbst
Den Stammbaum an, es ist unzweifelhaft!
Heinrich der Erste war vermält mit Anna
Von Rußland, deren Bruder Jzoslav
Ein Vorfahr Ingeburg's gewesen ist!

Wilhelm (haftig die Pergamentrolle ergreifend:)
Bei meinem Gott, es ist wahrhaftig so!
Entsetzlich! O, entsetzlich!

Philipp (für sich, freudig):

Herr des Himmels!

Rigord:

Nun sagt mir selbst: ist es nicht Gottes Hand,
Die es gefügt, daß seine Majestät
Schon am Altar von jähem Unwohlsein
Befallen wurde, die des Königs Herz
Zum Abscheu wider seine Braut empört?

Wilhelm:

Die Kniee brechen mir; ein Wunder Gottes!
Die Hand des Herrn!

(Rigord stützt denselben.)

O, helft mir, Rigord! Kommt!
Der Himmel sendet Euch Rigord; der König —
Und müßten wir den Zutritt uns erzwingen —
Er muß Euch hören, diese Ehe muß
Geschieden werden! O, mein Gott, mein Gott!

Philipp (der sich nach und nach gefaßt hat, tritt unter sie. — Zu
den Wachen):

Geht Leute! Der Befehl ist aufgehoben!

(zu Rigord):

Ist's wirklich so, wie Du erzählst, Rigord? —
Bei Deiner Seligkeit!

Rigord:

Ich sprach die Wahrheit.

Philipp (zu Wilhelm):

Mein Oheim, sagt, wenn er die Wahrheit redet,
Gibt das zur Ehescheidung Grund genug?

Wilhelm:

Die kirchlichen Gesetze sprechen klar
In diesem Falle Ehescheidung aus.

Philipp:

Mein Ohm, Ihr gebet mir das Leben wieder
Mit diesem Wort; denn meine ganze Zukunft
Sie lag vor mir so freudeleer, so düster
Wie eine dunkle, sternenlose Nacht. —
O ja, gewiß, ich hätt' auch das vermocht!
Jedoch ich will es meinem Gotte danken,
Wenn ich es nicht vermögen muß —

Rigord (für sich):

Ich glaub's!

Philipp:

Ich weiß nicht wie es kommt, daß Abscheu mich
Vor Ingeburg erfaßt —.

Wilhelm:

           Das war die Hand
Des Herrn, die Euch vor dieser Ehe warnte!

Philipp:

Ich suchte mich vergebens zu bezwingen!

Wilhelm:

Der Mensch vermag nicht gegen seinen Gott
Sich aufzulehnen, Herr!

Philipp:

           Er sei gepriesen!
O, hätt' ich früher Eu'rem Rath gefolgt,
Mir wär' des Leides viel erspart geblieben!
Entschlossen bin ich nun den Ehebund
Zu lösen und die Braut zurückzusenden.
Und wenn es jetzt, nach der Entdeckung Rigord's,
Auf des Gesetzes Weg geschehen kann —

Wilhelm:

Es kann nicht nur gescheh'n, es muß gescheh'n,
Wenn Ihr in Sünde nicht beharren wollt!

Philipp:

Dann eilt, mein Ohm; — berufet alsogleich
Die Bischöfe, die meiner Hochzeit wegen
Bei Hofe noch verweilen, und versammelt
Sie hier zu einem geistlichen Gericht!
Je rascher Ihr aus der verhaßten Ehe
Mich lösen könnt, um desto mehr zu Dank
Will ich es Euch und auch der Kirche wissen.

Wilhelm (zu Rigord):

Ihr aber müßtet es beschwören können?

Rigord:

Ich kann es, Herr, und bringe Zeugen mit.

Philipp:

Das Urtheil aber soll verkündet werden,
Hier vor der Braut und vor den Abgesandten,

(zu Rigord):

Ist es so weit, beruft Ihr die hieher!

.　(ungeduldig):

Was säumt Ihr noch? Wenn Euch des Königs Wohl
Am Herzen läge, wärt Ihr längst schon fort!

Wilhelm:

Verzeiht, mein Fürst; das Menschenherz erbebt,
Wenn Gottes Wunder offenbar gescheh'n!
Doch kommt, Rigord; wir wollen sein Gebot
Sobald als möglich zu vollziehen suchen.

Rigord:

Geht nur voraus, ehrwürd'ger Herr! ich folge
Euch alsogleich; ich habe noch Geschäfte;
Nur ein paar Worte.

Philipp:
　　　　　　Eilt, mein guter Ohm!

　　　　(Wilhelm ab.)

Philipp:

Ein Wunder scheint's dem Oheim, und bei Gott,
Es muß auch mir ein rettend Wunder scheinen!

Rigord:

Der Wunderglaube ist ein nützlich Ding
In diesem Fall.

Philipp (auffahrend):
　　　　　　Was willst Du damit sagen?

Rigord:

Sonst nichts, als daß die Wunder selten sind;
Ich habe noch kein einziges geseh'n;
Und wenn mich jemals Etwas Wunder nahm,
So war's die Thorheit, welche Wunder glaubte!

Philipp (heftig):

Was soll das heißen? Rigord hüte Dich,
Du lächelst spöttisch? Sage mir die Wahrheit,
Ist die Verwandtschaft richtig?

Rigord:
　　　　　　Hört mich an!

Philipp:
Rigord, wenn Du in diesem Falle Dich
Vermessen hast mit mir zu spielen, dann,
Bei meinem Gott! —

Rigord:
    So hört doch, gnäd'ger Herr!
Es ist, wie ich Euch sage; die Verwandtschaft
Besteht in Wirklichkeit!

Philipp (aufathmend):
    Das ist Dein Glück! —
Du weißt, Du standest hoch in meiner Gunst;
Ich schätze Deine Klugheit, Deinen Geist;
Doch wisse, wenn es eine Lüge war,
Die Lüge hätte Deinen Kopf gekostet;
Ich hätte Dich wie einen Wurm zertreten!

Rigord:
O, Eure Hoheit regt sich unnütz auf!
Ich kann es auf das Sacrament beschwören;
Belieb' es Euch, den Stammbaum nachzuseh'n;
Ihr werdet es dann selbst bestätigt finden.
Jedoch gesteh' ich ein, daß ich davon
Schon lange weiß. —

Philipp:
    Du hast davon gewußt,
Und sagtest nichts? Antworte mir, weshalb?

Rigord:
Nur weil ich eine Möglichkeit bedachte,
Die, wie Ihr seht, nun eingetroffen ist: —
Beruhigt Euch doch, gnäd'ger Herr! Ermeßt,
Ob ich es nicht aus guten Gründen that.
Ihr wolltet mit Gewalt die Dänin haben,
Weil ihre Mitgift Euch begehrlich schien;
Ich aber kenn' Euch, wenn Ihr etwas wollt!
Was hätte die Verwandtschaft Euch geschreckt?
Ihr hättet päpstlichen Dispens gesucht;
Dann aber wart für ewig Ihr gebunden
An Ingeburg, auch wenn sie Euch mißfiel.
Ich dachte mir, es geht auch ohne Rom,
Weshalb den heil'gen Vater erst bemüh'n?

Es geht auch ohne ihn, gefällt sie Euch.
Geschieht das nicht, so bleibt ein Ausweg frei.
Ich schwieg deshalb und Eurer Freiheit blieb
Die Pforte offen, welche, wenn ich sprach,
Ihr selbst mit eig'ner Hand verriegelt hättet. —
— Und ist es ein Verbrechen, daß ich weiter
Zu denken mir erlaubte als der König —
So straft mich nun!

Philipp:

                Verzeih', mein kluger Freund!
Du hattest Recht; Du kanntest besser mich,
Als ich mich selbst!

Rigord:

                Nun sehet gnädger Herr,
Ihr nützet meinen Kopf wol doch am Besten,
Wenn Ihr ihn am gewohnten Platze laßt!

Philipp:

Ich war erregt; sei mir darum nicht böse!
Du hast mir zwar schon manchen Dienst erwiesen,
Doch diesen werde ich Dir nie vergessen!

Rigord:

Ich suchte Euch zu nützen, Majestät;
Wenn Ihr's erkennt, ist mir das Lohn genug.

Philipp:

Ich hätte Ingeburg nie lieben können
Und dennoch wollt' ich ihr nicht Unrecht thun:
Das Leben wäre mir zur Qual geworden!

Rigord:

Und glaubt Ihr denn, sie hätte Euch geliebt?
Die kalte Dänin, die aus Eitelkeit
Nur nach der Krone Frankreichs griff: o, macht
Euch keine Sorge Herr, und schickt sie heim!
Ihr habt ja ihren Leib noch nicht berührt; —
Ein Unrecht übt Ihr nicht: was bindet Euch? —
Das kann nur ihrem Hochmuth heilsam sein:
Sie hat's verdient; was kümmert Euch das Loos
Der gänzlich Fremden? —

Philipp:

                Wohl, ich bin entschlossen.

Rigord:

Jedoch es gibt noch mancherlei zu thun;
Ich möcht' ein wenig auf die Stimmen wirken,
Wenn Ihr mir Vollmacht gäbt!

Philipp:

Die sollst Du haben.
Streu Gold mit vollen Händen aus, verschenke
Die herrlichste Provinz! Erkaufst Du mir .
Damit die Freiheit, soll's mich nicht gereu'n!

Rigord:

Es geht ja doch bei weitem billiger;
Denn ein paar freigeword'ne, gute Pfründen
Sind ganz genügend, wirken überzeugend! —
Doch was das Wunder anbetrifft, so laßt
Sie glauben, wenn es ihnen Freude macht!
Und laßt sie Wunder schrei'n; Euch schadet's nicht!
Denn wer der Menschen Schwächen klug benützt,
Regiert sie leicht und ohne daß sie's merken!
Und dieses noch, wenn ich Euch bitten darf:
Sucht Euerer Erregung Herr zu werden
Und findet die gewohnte Ruhe wieder. —
Ich eile nun, die Sache zu betreiben.

(Rigord wendet sich zum Gehen.)

Philipp (für sich):

Gewohnte Ruhe, wenn die Seele bebt
In ihren Tiefen? O die kalte Weisheit,
Die eines Herzens heiße Regung nie
Begreifen wird und dennoch rathen will!

Rigord (zurückkehrend):

Fast hätt' ich Eins vergessen, Herr! Der Herzog
Von Meran will zu Euch; er reist noch heute
Nach Beaurepaire.

Philipp:

Ich dachte morgen erst. —
Doch melde ihm, er wäre mir willkommen.

(Rigord ab.)

Dritte Scene.

Philipp; ein Kämmerer; später Agnes.

Philipp:
Schon heute? heute schon — und Agnes auch!
Was soll ich thun — soll ich sie ziehen lassen,
Bevor sie weiß? — Ich muß mein Loos entscheiden!
Ich fühle meiner nahen Freiheit Weh'n.
Sie werden die verhaßte Ehe lösen;
Zu meinem Glück, das ich zu spät erkannte,
Führt noch ein Weg! — doch sie geht fort von hier; —
Hätt' ich nicht selbst der Liebe Macht erfahren,
Ich hätte nie daran geglaubt!
                              (Ein Kämmerer tritt ein.)
Philipp:
                              Was soll's?
Kämmerer:
Prinzessin Agnes von Meranien
Erbittet sich Empfang.
Philipp (hastig):
                              Wer, sagst du, die
Prinzessin von Meranien? — Sie ist —
Willkommen. —
                              (Kämmerer ab.)
Philipp:
                              O, ich kann es kaum erfassen!
Ein ganzes Leben brächt's vielleicht nicht wieder,
Was mir des Augenblickes Gunst gewährt. —
Ich wage es: ich stehe dir, mein Glück!
O, Muth mein Herz! Dein Loos entscheidet sich!
(Agnes, von einem Pagen begleitet, wird von dem Kämmerer herein-
                              geführt.)
Philipp:
Seid herzlich mir gegrüßt, mein holdes Fräulein!
Welch einem Zufall, welchem Glücke habe
Ich Eu're Gegenwart zu danken?
Agnes:
                              Majestät,
Ich dachte meinen Vater hier zu treffen;
Er ging zu Euch voraus und er beschied mich

Hieher zu kommen; unsre Base ist
In Beaurepaire erkrankt und sandte Boten,
Wir sollten eilen; deshalb reisen wir
Noch heute ab; — wo nur der Vater bleibt?

Philipp (zum Kämmerer):
Wenn seine Hoheit, Herzog Berthold, kömmt,
So meldet ihn sogleich und laßt ihn vor!
(winkt dem Kämmerer und dem Pagen zu gehen.)

Agnes:
Es muß ihn etwas aufgehalten haben
Am Wege; doch erlaubet mir indessen,
Daß ich von Eurer Hoheit Abschied nehme
Und Eurer Huld und Gnade mich empfehle.

Philipp:
O, nicht so schnell!

Agnes:
Der Vater kommt wohl bald;
Doch mich entschuldigt! Für die Reise habe
Ich Manches noch zu thun.

Philipp:
Verweilet doch
Den Augenblick, bis Euer Vater kommt.

Agnes:
Es drängt die Zeit!

Philipp:
Gewährt die kleine Bitte!
Drei Jahre habe ich Euch nicht gesehn;
Ich habe Euch, bevor Ihr von mir scheidet,
Noch Wichtiges zu sagen.

Agnes (für sich):
O, mir bangt!

Philipp (näher tretend):
Da ich als Gast bei Euch gewesen bin,
Da wart Ihr freundlich und vertraut mit mir;
Und nun erschreckt Ihr fast vor mir, Prinzessin?
Bin ich nun des Vertrauens nimmer werth?
Womit verdient' ich das?

Agnes:
Mein gnäd'ger Herr!

Philipp:
Ich habe Freundesrath von Nöthen, Agnes;
Wollt Ihr mir rathen?

Agnes:
            Herr, wie könnt' ich das?

Philipp:
Ihr könnt es doch; ich ford're diesen Dienst
Von Eurer Freundschaft; hört mich ruhig an; —
Ihr habt gewiß von dem Ereignisse
Bei meiner Hochzeit auch bereits vernommen?

Agnes (befangen):
Ich war dabei; ein jähes Unwohlsein —

Philipp:
So sagt das Volk; doch dieses war es nicht,
Und Niemand weiß, warum es so geschah;
Euch aber möchte ich mein Herz erschließen:
Ihr sollt es wissen: dann sollt Ihr entscheiden.
Es ist von größter Wichtigkeit für mich. —
Thut mir's zu Liebe!

Agnes:
           O, was werd' ich hören?

Philipp:
Befürchtet nichts und hört mich ohne Scheu!
Und wißt zuvor: ich habe nie geliebt,
Und habe um Prinzessin Ingeburg
Ohn' alle Neigung, nur weil diese Ehe
Für meine Krone nützlich schien, geworben;
Der schönen Frauen sah ich viele zwar
In Morgen= und in Abendland, jedoch
Von hohen Plänen ganz das Herz erfüllt,
Ging ich an allen ungerührt vorüber:
So stand ich heute noch auf der Terrasse
Die fremde Braut erwartend, vorbereitet
Zum Hochzeitszug und sah mit stolzer Ruhe
Entgegen meinem künftigen Geschick: —

Agnes (lebhaft):
Ja, das ist Eure Weise!

Philipp:
           Höret weiter!
Es kündete des Volkes Jubelruf

Das Nah'n der Braut; ein Mädchen sah ich kommen,
Ich konnte meine Blicke nimmer wenden
Und meine ganze Seele jauchzte auf
Und ihr entgegen. O, da fühlte ich's:
Agnes, es gibt ein Glück, das größer ist
Als aller Ruhm der Erde, das die Seele
Mit Himmelsseligkeit erfüllt — zu spät!
(nach einer Pause dumpf):
Denn meine Braut war dieses Mädchen nicht!

Agnes:
O haltet ein!
(bedeckt ihr Gesicht mit den Händen.)

Philipp (rasch und leidenschaftlich):
Nein, höret mich zu Ende!
Ich mußte mich mit Ingeburg vermälen,
Die später kam, denn also war's beschworen;
Und dennoch liebt ich eine Andre schon
Mit einer Liebe, die nicht enden wird,
So lang mein Aug' des Himmels Sterne schaut.
Gott weiß, wie ich mit mir gerungen habe:
Ich dachte mich zu zwingen, doch die Kraft
Versagte mir zum erstenmal im Leben;
Und was geschah, Ihr habt es selbst geseh'n!
Ich fluche nun dem eitlen Wahn des Ruhm's,
Der mich um meines Herzens Glück betrog! —
Und wollt Ihr wissen, wen ich liebe, Agnes?
(nimmt ihr die Hände vom Antlitz)
Euch liebe ich und will Euch ewig lieben,
Und wenn mir eine Welt entgegenstünde,
Gesetz und Kirche und der Himmel selbst,
Und gält' es meiner Seele Seligkeit —
Ich liebt Euch dennoch!

Agnes (macht zuerst eine Bewegung, als ob sie an seine Brust sinken
wollte und kehrt sich dann plötzlich jäh erschreckend ab):
Herr, Ihr seid vermält!
O, du barmherz'ger Gott, wie soll das enden?

Philipp:
O, wende Deinen Blick nicht weg von mir!
Laß' mir die Hoffnung meiner Seligkeit!
Bald fällt der Spruch, der mir die Freiheit gibt,

Der Himmel selbst reicht hilfreich mir die Hand:
Es ist Verwandtschaft aufgefunden worden,
Die zwischen mir und Jngeburg besteht:
Geschieden wird die mir verhaßte Ehe. —
Ich hätte sonsten nie zu Euch von Liebe
Ein Wort gesprochen: doch es kommt die Zeit,
Wo ich es darf und jeder Fessel ledig,
Als freier Werber, vor Euch trete, Agnes,
Und zu Euch sage: Nehmt mein ganzes Herz,
Theilt meine Krone, theilt mein Reich mit mir,
Seid meine Frau und macht den König Frankreichs
Zum glücklichsten der Menschen. —

Agnes (verwirrt):

                Träum' ich nicht?
Bin ich denn wach?

Philipp (tritt näher):

            Du wendest Dich nicht weg?
Darf ich dies Zeichen günstig deuten? — Agnes!—

      (Agnes sinkt an seine Brust; sie umarmend):
Mein heißgeliebtes Mädchen, meine Agnes!
Du kannst mich lieben? Agnes, meine Agnes!

Agnes (zu ihm emporblickend mit unbewußter, hervorquellender
                Empfindung):

Ja, wißt Ihr es denn nicht, daß ich Euch liebe?
Ich liebt' Euch schon, da ich ein Kind noch war,
Und ohne daß ich's wußte.

Philipp:

             Holdes Mädchen!

Agnes:

Und als ich dann herangewachsen bin,
Da wuchs in meinem Herzen meine Liebe
Mit Allgewalt empor; Ihr wußtet's nicht! —
Wie habe ich gehofft, daß Ihr den Blick
Von Eu'ren hohen Plänen niederwärts
Zu mir einst wendet! Doch Ihr ahntet nichts! —
Und weil Ihr einer And'ren Euch vermältet,
Wollt' ich in's Kloster geh'n; mein Erdenglück
Es war vorbei.

Philipp:

     Laß' mich den Himmel preisen,
Der mich nun doch mein Glück erkennen ließ,
Das ich versäumt —

Agnes (sich losreißend):

     O Gott, vielleicht wär's besser,
Ihr hättet also nie zu mir gesprochen
Und hättet mich in's Kloster ziehen lassen.
Ihr hättet Eure Neigung überwunden
Und hättet Euch an Ingeburg gewöhnt; —
Ihr wäret vielleicht glücklicher geworden —
Was lag daran, wenn mir das Herz zerbrach —

Philipp (mild):

Wie konnt' ich glücklich werden ohne Dich?
Wenn Du in meine Seele schauen könntest,
Dann würdest Du nicht solche Worte reden.
Agnes, als ich in Palästina war,
Da hörte ich von einem Baum erzählen,
Von sonderbarer, königlicher Art.
Der blüht ein einzigmal und nimmer wieder.
Und wenn die and'ren Bäume jedes Jahr
Den Blütenschmuck erneu'n, sobald der Lenz
Die Erde grüßt, so grünt er unbekümmert
Und keine Knospe treibend, ruhig fort,
Entgegenhoffend seiner Blütezeit,
Die einmal, erst nach langen Jahren kommt;
Doch wenn er im Zenithe seines Lebens
Dann steht, wenn er zu seiner höchsten Höhe
Emporwuchs, sieh, dann treibt er all' die Kraft,
Die er durch lange Jahre angesammelt,
In eine wunderbare Blumenkrone,
In eine Blütenpracht von solcher Schönheit,
Daß dem entzückten Menschenauge dies
Ganz überirdisch däucht; und diesem Baum
Erscheint mein Herz und seine Liebe gleich;
Ich bin von denen, die nur einmal lieben,
Wenn auch so heiß, daß es ein Märchen scheint.
Und meines Herzens einz'ge Blütezeit
Ist nun gekommen; lebt' ich hundert Jahre,

Die Zukunft bringt mir keine zweite mehr!
Berühmt vielleicht, ein großer König auch
Wär' ich auch ohne Dich geworden, Agnes,
Doch glücklich nimmermehr!

Agnes:

                              So helf' uns Gott!

Philipp:

Noch darf Dich meine Lippe nicht berühren,
Denn noch bin ich mit Ingeburg vermält:
Noch müssen wir das Kleinod unf'rer Liebe
Im Herzen tragen, heimlich, still beglückt;
Doch wenn die heißersehnte Stunde kommt,
Die uns vor Gott und vor den Menschen eint,
Dann soll es glänzen, hell im Tageslicht,
In märchenhafter Pracht weit durch das Land! —
Willst Du mein Eigen sein?

Agnes:

                              Ich kann nicht anders:
Ich bin Dein Eigen lange, lange schon:
Verzeih' mir's Gott, wenn's eine Sünde ist!

Philipp:

Er segnet Dich dafür, mein holdes Mädchen!

Agnes:

Ich kann die Fülle meines Glück's nicht fassen!
Ist es denn wirklich wahr, daß Du mich liebst?
Ist es kein schöner Traum?

Philipp:

                              Mein süßes Mädchen!

Agnes:

Ich faß' es nicht, mir ist vor Seligkeit
Zu Muth, als müßt' ich sterben!

Philipp:

                              Leben sollst Du!
Beglückend und beglückt, geliebt und liebend!
Wir werden glücklich sein!

Agnes:

                              Das walte Gott!
Ich will Dir meine Liebe treu bewahren
Und sehnsuchtsvoll sie pflegen.

Philipp:

Willst Du Agnes?

Agnes:

Muß ich denn nicht? Ich kann ja nicht einmal
Mehr beten, ohne Deiner zu gedenken.
Gehört denn nicht schon lange all' mein Sinnen
Und all' mein Hoffen Dir, geliebter Herr?

Philipp:

Ich werde fordern, was mir zugehört,
Du nimmst mein Herz mit Dir und meine Liebe;
Bewahre sie, bald komme ich zu Dir.

Agnes:

Und wenn Du kommst, dann geb' ich tausendfach
Die Liebe Dir zurück, mein hoher Herr.

Philipp:

Nun darfst Du scheiden, mein geliebtes Mädchen;
Wenn wir uns wiedersehen — meine Braut!

Agnes:

Leb' wohl!

Philipp:

Gott schütze Dich und uns're Liebe!

(während sie sich verabschieden)

Vierte Scene.

Ein Kämmerer: Vorige: Herzog Berthold.

Kämmerer (meldend):

Der Herzog Berthold von Meran!

Agnes (erschreckend):

Mein Vater!

Philipp (hastig):

Mein theures Mädchen fasse Dich! noch dürfen
Wir uns're Liebe Niemand offenbaren!

(Geht dem Herzog entgegen, ihm die Hand reichend; Agnes demselben entgegenlaufend, fällt ihm stürmisch um den Hals und küßt ihn.)

Agnes:

Mein lieber Vater!

Berthold (dieselbe abwehrend):
So laß' doch aus, Du närrisch Kind! Wann wirst
Du Dich an Sitte denn einmal gewöhnen?

(zu **Philipp**):
Verzeihet hoher Herr! Mit diesem Wildfang
Hab' ich doch immer meine liebe Noth!

Philipp:
Ei, laßt sie doch!

Berthold:

Es hieß, Ihr wär't erkrankt?
Es freut mich herzlich, Euch wohlauf zu finden.

Philipp:
Ja, ich war krank, jedoch ich bin gesundet:

(mit Bedeutung):
Ein Engel Gottes brachte mir Genesung.
Ich athme neues Licht und neues Leben!

Berthold:
So kann ich ohne Sorge von Euch scheiden;
Ich komme, um Euch Lebewohl zu sagen
Und Dank für Eu're Gastfreundschaft: wir reisen
Noch heute weiter fort nach Beaurepaire.

Philipp:
Dies sagte die Prinzessin mir bereits:
Ich aber ließ' Euch nicht so schnell von mir,
Wenn ich mir nicht schon vorgenommen hätte,
Euch dort in Kürze aufzusuchen; wißt:
Ich rüste mich zu einem Heereszug;
Mich führt mein Weg an Beaurepaire vorüber;
Ich spreche bei Euch vor; wir seh'n uns wieder; —
Ich werd' Euch Vieles zu erzählen haben —
Deshalb kein Lebewohl: auf Wiederseh'n!

(Der Herzog und der König verabschieden sich.)

Philipp (auf Agnes zutretend, laut):
Auf Wiederseh'n Prinzessin.

(leise):
Bleib mir hold!

Agnes (leise):
Dein, Dein bis in den Tod!

Philipp (laut):

Auf Wiederseh'n!

Agnes (laut):

Auf Wiederseh'n, mein König.

(Philipp gibt ihnen das Geleite und blickt ihnen nach.)

Philipp:

O, Mädchen, Mädchen, liebes, holdes Mädchen,
Wie hast Du mich verwandelt und beglückt!
Was frag' ich noch nach meiner Staatskunst Plänen?
Was scheert mich noch der Krone kalter Glanz?
Du gehst von mir und meine Seele zieht
Mit Dir und wärest Du mir noch so fern!
Und glänzend leuchtet meiner Hoffnung Stern
Mir wieder auf des Lebens dunkle Pfade;
Erwerben kann ich Kronen, Reiche, Länder
Durch meines Geistes, meines Armes Kraft; —
Jedoch das Glück, das ich erfahren habe,
Purpur und Scepter wägen es nicht auf;
Denn Liebe finden ist die reichste Gnade
Des Himmels, ist des Lebens höchster Preis!
Sie läßt sich nicht erzwingen, nicht verwehren:
Mir ist die Wunderblume aufgeblüht!
Der Himmel führt mich aus dem Labyrinth,
In das mich eitle Ruhmbegier verstrickte:
Ich Thor, der fern das nahe Glück gesucht! —
Was kümmert mich auch Ingeburg, die Fremde,
Die nie ich liebte, die mich nie geliebt,
Der nichts mich eint, als eines Priesters Spruch?
Was er verband, das kann der Priester lösen,
Doch Herzen, die sich fanden, trennt er nicht!
Die Kette, die mich fesselte, zerbricht,
Ich will und werde frei und glücklich sein! —
Weh dem, der zwischen mich und meine Liebe
Sich hindernd stellt! Im Rollen ist das Rad,
Und Menschenhände halten's nimmer auf!

Fünfte Scene.

Philipp: Rigord.

(Rigord tritt ein.)

Rigord:

Mein königlicher Herr!

Philipp:

Bereits zurück?

Wie steht die Sache?

Rigord:

Ganz nach Wunsch, vortrefflich!
Denn Euer guter Oheim, gnäd'ger Herr,
Der ist des Wunders voll und führt den Vorsitz.
Zwar wollten Einige dagegen sein,
Doch als ich heimlich sie bei Seite nahm,
Da wirkten die versproch'nen Pfründen Wunder,
Und die Bedenken schwanden, und es ging!
Die Archivarii der Krone schwuren
Als Zeugen für des Stammbaumes Richtigkeit, —
Nur Einer sträubte sich mit Händ und Füßen,
Derselbe, der die Braut für Euch geworben,
Der Bischof Walther, dieser Dänenfreund;
Der protestirte; doch seid ohne Sorge!
Die Stimmenmehrheit ist für Ehescheidung
Und was die Mehrheit sagt, das ist Gesetz.
Bald fällt der Spruch, der Euch die Freiheit gibt.
Schon nahen sie, das Urtheil zu verkünden.

Philipp:

Dann rufe Ingeburg und die Gesandten!

Rigord:

Die harren schon in banger Ungeduld:
Das ist ein Flüstern, ist ein Aengstlichthun!
Die Dänen haben eine feine Nase,
Sie merken schon, daß ein Gewitter kömmt!

Philipp:

Laß' vor den Hof und laßt sie Alle vor! —
Ich muß hindurch, hätt' ich's auch gern vermieden:
So sei es gleich, und die Entscheidung falle!

(Auf das Zeichen Rigord's öffnen sich die Thüren, und es kommt zuerst der Hofstaat des Königs und sammelt sich um denselben, dann
kommt Ingeburg mit den dänischen Gesandten; sichtbare Aufregung.)

Sechste Scene.

Vorige; Ingeburg; Peter v. Röschild mit Gefolge; der Hofstaat.

Ingeburg (sich ängstlich umschauend, während sie eintritt):
Was soll ich hier vor diesen fremden Männern?
Mir ahnet Unheil!

(Auf den König zutretend):
Sagt mir, mein Gemal —

Philipp:
Nennt mich Gemal nicht! Zwischen mir und Euch
Thürmt sich nun eine Scheidewand empor —

Peter von Röschild:
So wär es dennoch wahr! Ich kann's nicht glauben!

(Auf den König zutretend):
Als Abgesandter uns'res Herrn und Landes
Begehre ich von Eurer Majestät
Erklärung dieser sonderbaren Dinge!

(Die Bischöfe, geführt von Erzbischof Wilhelm, treten ein.)

Siebente Scene.

Vorige; Wilhelm mit den Bischöfen.

Philipp:
Statt meiner geben diese Euch Bescheid!
Verkündet Euren Spruch!

Ingeburg:
Was soll das Alles?

(Philipp winkt seinem Oheim Wilhelm.)

Wilhelm (feierlich):
In Namen Gottes und der heil'gen Kirche,
Als deren Priester wir berufen sind

Zu binden und zu lösen, finden wir
Als Richter ob der Ehe König Philipp's
Mit Ingeburg, nach Recht und nach Gesetz:
Da die Getrauten blutsverwandt erscheinen
In einem Grade, der verboten ist,
Wie es erwiesen und beschworen ward,
Daß diese Ehe nicht bestehen darf.
            (Ingeburg schreit auf.)
Kraft unf'res Amtes ist der Bund gelöst,
Die Scheidung ist vollzogen und verboten
Bei ihrem Heile jeglicher Verkehr
Als frevelhaft den beiden Angetrauten:
So haben wir es mit des Himmels Beistand
Zu Recht erkannt!
            (Die Bischöfe wenden sich zum Gehen.)
Peter von Röschild:
            O ungeheure That!
Ingeburg:
O unerhörte Schmach! Ich soll es leiden?
Meineidiger Verräther! Lügenkönig!
Rom soll mir helfen, Rom! Ich appellire!
            (bricht zusammen).

Der Vorhang fällt.

Dritter Act.

Klostergarten in Beaurepaire, Rondeau, wo sich die
Wege kreuzen; durch den einen Laubgang sieht man
einen Flügel des Klosters mit vorspringendem Balcon.

Erste Scene.

Ingeburg; Bischof Walther: eine **Kammerfrau Ingeburg's.**

Ingeburg:

Ehrwürd'ger Herr, Ihr meint es gut mit mir;
Doch Euer Trosteswort vermag mich nicht
Mit meinem harten Schicksal auszusöhnen.
Die ärmste Fischerfrau in Dänemark
Ist glücklicher als Frankreichs Königin!
Denn jene harrt mit liebesfroher Sorge
Des Gatten, der nach mühevoller Fahrt
In ihre Arme freudig wiederkehrt.
Doch ich, verstoßen und mit Schmach bedeckt,
Verweine meine freudelosen Tage
In dieses Klosters Mauern, fern der Welt!
Und muß es noch als Gnade fast betrachten,
Daß mich der König nicht gezwungen hat,
Nach Dänemark zurückzukehren, daß
Ich hier mein unverschuldet Elend tragen darf,
Bis mich der Tod von meiner Qual erlöst!

Walther:

Und dennoch habt Ihr wohl daran gethan,
Daß ihr Euch weigertet zurückzukehren.
Ihr habt berufen: laßt den Muth nicht sinken
Und harret aus!

Ingeburg:

       Ich habe nichts zu hoffen! —
Man sagt, der König wäre angekommen
In Beaurepaire?

Walther:

               So ist es, hohe Frau;
Er hält hier Rast und sammelt seine Truppen,
Um gegen England in den Kampf zu zieh'n.

Ingeburg:

Wo ist ein Weib, deß' Elend meinem gliche?
Ein Dach beherbergt mich und meinen Gatten:
Hat er nach mir mit einem Wort gefragt?
Bei seinem Zorne ist es mir verboten,
Daß ich ihm nahe; — sucht mich nicht zu trösten;
Sprecht mir von Hoffnung nicht! — Gestorben ist
Die meine und auf ihrem Grabe sproßt
Des Grames Baum mir auf; mehr bleibt mir nicht!
Um eine Krone opfert ich mein Glück
Und Glück und Krone, Beides ist verloren!

Walther:

Ihr sollt nicht also reden, hohe Frau!
Ihr habt berufen, und zu Eu'rem Recht,
Das Euch der König weigert, wird die Kirche
Gewiß Euch helfen: Ihr habt Grund zu hoffen!
Denn wißt, es trifft in Beaurepaire noch heute
Ein Cardinallegat des Papstes ein:
Dem aber traget Eure Sache vor. —
Ich habe mich beeilt, die gute Nachricht
Euch mitzutheilen und Euch Trost zu bringen —

Ingeburg:

Was soll ich von ihm hoffen? Bestenfalls
Wird mir mein Recht; jedoch mein Elend bleibt!
Des Weibes schönstes Recht, des Gatten Liebe
Ist mir versagt, und aller Prunk des Thron's,
Und aller Glanz der Krone nützt mir nichts;
Ich lebe dennoch ein verfehltes Leben.
Weh' meinem Hochmuth, der mich irrgeleitet!

Walther:

Ich kann es noch bis heute nicht begreifen,
Weshalb der König auf die Scheidung drang;
Denn, selbst wenn die Verwandtschaft richtig wäre,
So wußt' er, daß Dispens zu haben sei;
Ihn, der mit eiserner Beharrlichkeit

Sonst seine Pläne zu verfolgen pflegt,
Ihn konnte das wahrhaftig nicht bewegen,
Daß er mit einem Mal Entschlüsse ändert!
Ich kann den Grund von seinen Thun nicht fassen!
Mir ist's ein Räthsel!

Ingeburg (heftig):
                    Doch ich kann es lösen!
Zwar kann ich's nicht beweisen; doch ich fühle,
Daß meine Meinung richtig ist; ich möchte
Mein Seelenheil dafür verpfänden! — Kennt
Ihr Agnes von Meran?

Walther:
                    Des Herzogs Tochter?
Die Nichte von der Oberin des Klosters?

Ingeburg (leidenschaftlich):
Sie ist's, die mir des Gatten Herz entfremdet,
Die ist an meinem ganzen Elend schuld!

Walther (ungläubig):
Verzeih' mir Eu're Hoheit, wenn ich meine,
Daß blinde Eifersucht Euch irreführt:
Der König und der Herzog sind befreundet!

Ingeburg:
Die Freundschaft kenn' ich besser! Sah ich's nicht
Am Hochzeitstage schon, wie er die Augen
Nach ihr nur wendete? Seh' ich's nicht wieder,
Wie er nur ihretwegen hier verweilt?
Sie heuchelt Unschuld, taubenfromm erscheint
Sie vor der Welt; doch ich erkenne sie,
Wie sie mit ihren bösen Zauberkünsten
Des Königs Herz berückt; mich täuscht sie nicht!
Ich hasse sie! Ich könnte sie erwürgen!

Walther:
Sollt's möglich sein? Nein, nein, ich kann's nicht glauben!
Und doch, wenn Euer Argwohn richtig wäre,
Das gäbe Licht und Alles wäre klar. —

Ingeburg:
O glaubt es nur! Ich weiß es zu genau.
Ich sah den König gestern kommen; zwar
Mir war's verboten, mich vor ihm zu zeigen,

Doch schaut' ich aus dem Fenster meiner Zelle.
Der Herzog und das Mädchen gingen ihm
Entgegen: hättet Ihr's wie ich gesehn,
Welch eine Glut in ihren Augen glänzte,
Wie sie sich grüßten! — O, es ist kein Zweifel,
Sie wären sich wohl um den Hals gefallen
Auf off'ner Straße, wäre nicht das Volk
Dabeigestanden —

Walther:

              O, wenn dieser Argwohn
Begründet ist, der schreckliche Verdacht,
Wenn er als Wahrheit sich enthüllen sollte —
Dann wäre die Verwandschaft auch erlogen,
Dann wurde eine Frevelthat verübt,
So ungeheuer —

Ingeburg:

              Und sie ist gescheh'n!
Ich könnt's beeiden!

Walther:

              Nun, es muß sich zeigen:
Die nächste Zukunft muß Gewißheit bringen:
Denn ist es wahr, dann bleibt es nicht verborgen!

       (Mann hört Trompetensignale von ferne.)

Ingeburg:

Trompetenruf! — Da wieder! Hört Ihr nicht?

Walther:

Die Truppen brechen auf; der König scheidet
Von Beaurepaire, um in den Kampf zu ziehn.

Ingeburg:

Dort kommen Leute auf uns zugeschritten —

Walther:

Der König selbst! Er nimmt den Weg hieher,
Er darf uns hier nicht finden; eilen wir!

Ingeburg (in den Hintergrund blickend):

O diese Buhlerin! nun seht Ihr selbst,
Sie gibt ihm das Geleite; seht, er winkt
Und das Gefolge bleibt zurück; nun aber,
Sind sie allein: seht, wie sie zärtlich thun!
Ich soll das leiden? Nein, ich duld' es nicht!

Walther:
Mir ist nun Alles klar; doch laßt uns flieh'n! —
Es ist die höchste Zeit!

Ingeburg:
          Nein, ich will bleiben! —
Ich trete zwischen sie —

Walther:
          Um Gotteswillen —

Ingeburg:
Die Larve will ich ihr vom Antlitz reißen!

Walther:
Er tödtet Euch!

          (zur Kammerfrau):
O helft mir, sie entfernen!
          (zu Ingeburg):
Ich fleh Euch an! Nein, nein, Ihr dürft nicht bleiben!

(Walther und die Kammerfrau ziehen die widerstrebende Ingeburg
nahezu mit Gewalt fort.)
(Ab.)

Zweite Scene.

König Philipp; Herzog Berthold; Agnes.

Philipp:
Geleitet mich nicht weiter; macht das Scheiden
Mir nicht zu schwer!

Berthold:
          Laßt uns denn Abschied nehmen,
Mein theurer Freund, den ich bald meinen Sohn
Zu nennen hoffe —

Agnes (zum König):
          O verweile noch!

Philipp:
Es muß nun einmal sein, mein liebes Mädchen!
Sei wohlgemuth; ich kehre bald zurück:
Dann segnet unsren Bund des Priesters Hand,
Dann bist Du mein und wirst es ewig bleiben!

Berthold:
Nun ja, Ihr sollt sie haben! Doch Geduld!
Ein Anderer hätte vielleicht „Nein" gesagt

So wie die Sache steht; ich aber meine,
Da sie Euch liebt, soll sie Euch angehören
Trotz alledem; ich kenn' Euch ja schon lange
Und wüßte für das liebste meiner Kinder
Auf dieser Erde keinen bess'ren Gatten. —
Doch halt' ich es für klüger, wenn Ihr Euch
Ein Jährchen oder zweie noch geduldet:
Versteht mich recht! Ich hieß Euch augenblicks
Von Herzen gern als Tochtermann willkommen:
Doch eine Eheschließung gäbe Euch,
Nachdem Ihr eine Scheidung kaum vollzogen,
Der Bosheit aller Lästerzungen preis.

Philipp:
Als König darf ich thun, was mir gefällt:
Denn meine Thaten haben keinen Richter.

Berthold:
Ihr würdet's dennoch nicht verhindern können,
Daß sich das Volk dann in die Ohren bläst:
Der König hat die eine Frau verstoßen,
Damit er eine Andre freien könne.
Denn auch des Herrschers Thaten unterliegen
Dem Urtheil seiner Zeit; wenn Gott im Himmel
Sein Leben wägt, so richtet es auf Erden
Des Volkes Stimme, und er hüte sich,
Daß er zu bösem Leumund Anlaß gebe!
Ihr seid noch jung und Ihr versäumt ja nichts;
Drum laßt noch eine Zeit vorüberfließen
Und haltet Eure Liebe noch geheim.

Philipp:
Ich stimme zu; wenn auch mit schwerem Herzen.

Berthold:
Ihr ziehet nun zum Kampfe gegen England
Und eh' Ihr wiederkehrt, vergeht ein Jahr.
Laßt mir mein Kind das eine Jährchen noch!
Wenn ihr sie dann noch wollt —
      (Philipp reicht Agnes die Hand)
            Und sie Euch will,
    (Agnes reicht Philipp die andere Hand)
So mögt Ihr sie in Gottes Namen haben.

Indessen laßt sie noch ein wenig wachsen
Und noch ein wenig mehr Verstand bekommen.
Jetzt ist das Ding zum Freien doch zu jung!

Agnes:
Ei, Väterchen, bin ich denn gar so jung?
Zu Weihnacht zähl' ich volle sechzehn Jahre!

Berthold:
Der Tausend, volle sechzehn Jahre schon?

Philipp:
Man muß gesteh'n, das ist ein hohes Alter!

Agnes (läßt seine Hände los):
Ei geh' mir doch, Du böser, wilder Mann,
Ist das wohl recht, daß Du mich noch verspottest? —
Wie viele lange Tage sehnt' ich mich
Nach dieses kurzen Wiedersehens Freude,
Und kaum daß Du gekommen, treibt der Krieg
Dich wieder weit von meiner Seite weg!

Philipp:
Ich bin bei Dir, wo ich auch weilen mag!

Agnes:
Du stürzest Dich in wildes Kampfgetöse,
Wo Dich Gefahr, wo Dich der Tod bedräut.
Ich aber werde ängsten mich und sorgen,
Die Stunden zählend, bist Du wiederkehrst,
Und immer fürchten, daß Dein wilder Muth
Dich in's Verderben stürzt.

Philipp:
           Sei unbesorgt;
Der Gott, der Liebe in die Herzen pflanzt,
Beschirmt sie auch, daß sie gedeihen mag:
Er schützt auch mich und meine holde Braut!

Agnes:
Ich war so glücklich, wie ich nie gewesen!
Seit ich Dich lieben darf, erschien mir Alles
Auf Erden schöner, Alles liebewerth!
Nun ziehst Du fort; wie soll ich es ertragen?

Philipp:
Ich scheide wohl; doch nur auf kurze Zeit;
Schau auf, mein holdes Lieb! Der Frühling weht;

Die Kräuter sprossen und die Blumen blüh'n —
Tritt näher her! Ich will Dir Etwas sagen! —

(Agnes tritt näher: der König ergreift ihre Hände und beugt sich zu
ihr nieder):

Und wenn er wieder in die Lande zieht:
Wenn dann die Welt vom Winterschlaf erwacht:
Wenn Blumen wieder blüh'n und Böglein singen —
Dann wird's gescheh'n, daß eines Tag's ein Zug
Geschmückter Ritter hält vor Eurer Burg.
Es schmettern ihre silbernen Trompeten
Dem Vogt, der nach Begehr sie fragt, Bescheid:
Der Lenz ist da! Der König Frankreich's kömmt
Und will den Herzog Merans also fragen:
Wo habt Ihr seines Herzens Königin?
Wo habt ihr seine kleine, holde Braut?
Daß er als seine vielgeliebte Frau
Sie in sein schönes Frankreich führen könne!

Berthold:

So mag's gescheh'n: der Herzog Merans heißt
Euch herzlich dann willkommen: Agnes aber —
Je nun, ich glaube fast, sie thut desgleichen!

Philipp:

Wirst Du das auch, mein holdes Mädchen? Sprich!

Agnes (lebhaft):

Ich weiß es schon, was ich beginnen werde!

(naiv):

Ich werde in des bösen Winters Tagen
Den Lenz mit allen süßen Namen rufen,
Damit er früher wiederkehrt zur Erde!
Und lockend will ich singen, kosend sagen:
O höre meiner heißen Sehnsucht Lieder,
Du holder Lenz, und komme endlich wieder!
Wie lange soll des Winters Qual noch währen?
Laß' Dich erbitten bald zurückzukehren!
Die Luft begehrt nach Deiner warmen Sonne,
Der See nach Deines blauen Himmels Wonne:
Schon harret Deine ewig junge Braut,
Die freudehoffend Dir entgegenschaut,
Die Erde — Dich als Bräutigam zu grüßen,

Die Blumen sehnen sich emporzuſprießen,
Die kleinen Vöglein warten Dein mit Schmerzen,
Nach Dir begehren aller Menſchen Herzen. —
                              (leiſe, innig):
Wohl kein's, wie mein's auf weitem Erdenrund;
Du glaubſt es mir, vertrau' ich Dir den Grund:
              (mit unbewußter, hervorbrechender Empfindung):
Durch meine Seele zieht ein heiß' Verlangen,
In Liebe den Geliebten zu umfangen,
Den Du mir bringen ſollſt; o ſteige nieder,
O höre meiner heißen Sehnſucht Lieder,
O ſäume nicht und kehre endlich wieder!

Philipp:
Gewiß, wenn Du ihn rufſt, er kehrt inmitten
Der rauhen Winterszeit zur Erde wieder!
Du Zauberin!

Berthold: Nun aber laßt uns ſcheiden!

Philipp:
Nie war es mir ſo ſchwer und nie ſo leicht!

Berthold:
Lebt wohl mein Fürſt! Von einem Freunde ſcheid' ich,
Der werth mir war; — wenn wir uns wiederſeh'n,
Dann ſchließ' ich einen Sohn in meine Arme!

Philipp:
Und ich begrüße ſtatt des lieben Freundes
Den guten Vater dann, und ſtatt der Braut
              (wendet ſich gegen Agnes):
Mein theures Weib, mein liebes, holdes Weib!
        (Sie verabſchieden ſich, Philipp reißt ſich los.)

Agnes:
Leb' wohl!

Berthold:
              Auf baldig frohes Wiederſehn!

Philipp:
Lebt wohl!
(Stumme Scene: ſie verabſchieden ſich und der Herzog mit Agnes
wenden ſich zum Gehen; nach einigen Schritten kehrt ſich Agnes
jählings um und wirft ſich von ihrem Gefühlen übermannt aufſchluch=
zend dem Könige an die Bruſt; derſelbe küßt ſie auf die Stirn, macht
ſich ſanft von ihr los und legt ihre Hand in die des Herzogs; Letzterer
mit Agnes ab.)

Philipp (ihnen nachblickend):
Wie gerne blieb ich; doch es kann nicht sein,
Denn auch das Leben fordert seine Rechte!

(Winkt nach rückwärts; auf das hin kommen

Dritte Scene.

Rigord: Graf Raymund v. Toulouse: Clairmont und einiges
      Gefolge; Rigord tritt hastig auf den König zu.

Philipp:
Ich seh' Dir's an, Dir liegt was auf der Zunge.
      Rigord:
Sie ist mir schwer davon!
      Philipp:
                    Nun sprich, was gibt's?
      Rigord:
Zuviel, um es in einem Wort zu sagen!
Das Wichtigste zunächst; es kam soeben
Ein Bote an auf schweißbedecktem Roß:
Die Heere Englands sind bereits gelandet! —
Und der Empörung wilde Flamme greift
Um sich in unsern nördlichen Provinzen!
      Philipp:
Das ist bedenklich! — Doch es schreckt mich nicht.

                    (zu Clairmont):
Das Heer ist doch zum Abmarsch schon gerüstet?
      Clairmont:
Geordnet steht das Volk und marschbereit:
Der Vortrab ist vor einer halben Stunde
Schon aufgebrochen, wie Ihr es befohlen:
Wir harren nur auf unsres Königs Wink!
      Philipp:
Dann laßt zum Aufbruch blasen: eilen wir!
      Graf Raymund:
Die Herr'n aus England sollen uns nicht schrecken!
      Clairmont (nach seinem Schwerte greifend):
Wir wollen ihnen ein Willkommen bieten,
Daß sie auf jede Wiederkehr vergessen!

Rigord (zum König):
Verstattet mir noch einen Augenblick
Gehör; es gibt noch andre Neuigkeiten!
Philipp:
Was hast Du noch?
Rigord:
    Ein Cardinallegat
Des Papstes ist im Kloster angekommen.
Er ist Euch nachgereist und sagt, die Botschaft,
Die er für Euch erhielt, sei äußerst dringend.
Philipp:
Der heil'ge Mann kommt mir sehr ungelegen;
Ich habe jetzt nicht Zeit ihn anzuhören!
Rigord:
Das sagt' ich auch; jedoch er ließ nicht nach
Und sprach, er müsse sich Gehör verschaffen,
Wo es auch sei; er sucht Euch überall
Und kann im Augenblick hier erscheinen.
Philipp:
Ich habe andre Dinge jetzt zu thun.
Rigord:
Ihr werdet ihn wohl dennoch hören müssen.
Philipp:
Es sei; nur schnell!
Rigord (nähertretend heimlich):
    Doch Eines, gnäd'ger Herr,
Erwägt zuvor!
Philipp (ungeduldig):
    Wann kommst Du doch zu Ende
Mit Deinen gottverdammten Neuigkeiten?
Rigord (leise):
Habt Ihr es auch bedacht, daß Ingeburg
In Beaurepaire verweilt?
Philipp:
    Verweile sie,
Wo's ihr gefallen mag; das kümmert mich
Doch nichts; wir sind geschieden; sie ist frei!
Wenn sie nach Dänemark zurück nicht wollte
Und hier im Kloster lebt, mich geht's nicht an!
Sie kann ja thun, was ihr gefällt.

Rigord:

                              Ich habe
Sie mit dem Bischof Walther vor begegnet,
Dem Haupt der mißvergnügten Geistlichkeit.
Ihr wißt, daß sie nach Rom berufen hat;
Nun kommt des Papstes Cardinallegat
Ihr grade in den Wurf: o, glaubt mir's nur:
Daß Ihr sie so in Freiheit gehen laßt,
Der Edelmuth war übel angewandt!
Was habt Ihr sie nach Hause nicht gesendet?
Vermeint Ihr, daß die Schlange, die Ihr reiztet,
Nicht stechen wird? Daß ein verschmähtes Weib
Nicht Rache brüten wird? Glaubt Ihr, daß Rom
Die günstige Gelegenheit versäumt?

Philipp:
Nun gut! Sie soll in Beaurepaire nicht bleiben,
Sie soll nach Dänemark zurück!

Rigord:

                    Das müßte
Sogleich gescheh'n!

Philipp:

                    Jedoch sie wird sich weigern. —

Rigord:
Dann schafft sie nach Etampes in sich're Haft.

Philipp:
Ja, Du hast Recht; ich habe meine Gründe;
Sie muß noch heute fort: sie wähle:
Nach Etampes oder Dänemark.

Rigord:

                              Ich habe,
Weil diese Sache dringend mir erschien,
Zur Vorsicht den Befehl schon ausgefertigt.

(überreicht dem König die Urkunde; derselbe wirft einen flüchtigen Blick
hinein).

Philipp:
Nun desto besser; denn in Beaurepaire,
Darf sie nicht einen Augenblick mehr bleiben!

(unterzeichnet).

Hauptmann Clairmont!

(Clairmont vortretend und sich verneigend
                    Vollführe diesen Auftrag!
Und zwar sogleich; es liegt mir viel daran:
Und was noch sonst dabei von Nöthen ist,
Das wird Dir Rigord sagen —

Clairmont (verlegen):
                    Majestät —

Philipp:
Du wärest lieber gegen England mit?

Clairmont:
Ja, mit Verlaub!

Philipp:
                    Nun gut: Du kommst uns nach,
Wenn Du's vollbracht; doch Eines merke Dir:
Wenn mir die Sache nicht so wichtig schiene,
So hätt' ich einen minder Tüchtigen
Damit betraut!

Clairmont:
                    Ich werde mich beeilen!

wendet sich zum Gehen, spricht während der folgenden Scene noch leise
eine Zeit lang mit Rigord im Hintergrunde, dann geht er ab.)

Vierte Scene.

Vorige, später der Cardinallegat Peter von Capua.

Graf Raymund (in den Hintergrund deutend, zum König):
Der päpstliche Legat!

Philipp:
                    Auch dieser noch!

Rigord (wieder vortretend):
So macht es kurz und sucht ihn loszuwerden,
Damit er Ruhe gibt!

Philipp:
                    Was kann er wollen?

Rigord:
Ich weiß es nicht!

Graf Raymund:

                    Doch Gutes nimmermehr!
Die Tücke lauert ihm vom Angesicht,
Wie er auch salbungsvoll sich stellen mag!
(Der Cardinal kommt in Begleitung eines Geistlichen und tritt auf den
                    König zu.)

Cardinal:
Heil dem Gesalbten Frankreich's!

Philipp:

                    Meinen Dank —
Doch meldet Euren Auftrag: denn ich eile!

Cardinal:
Der heil'ge Vater, Cölestin der Dritte,
Er sendet seinen Segen Dir zunächst.
Und diese Botschaft soll ich Dir verkünden:
Die Stätte, wo der Gottessohn gewandelt,
Ist wieder von den Heiden schwer bedroht.
Gott sei's geklagt, daß Hilfe nöthig ist!
Verloren ging ein großer Theil des Landes:
Und deshalb hat der heil'ge Vater wieder
Befohlen, daß das Kreuz geprediget werde
Bei allen Christen: doch mich sendet er
Zu Dir, dem christlichsten der Könige,
Und hofft von Dir, daß Du Dein Heer versammelst,
Um wieder in den heil'gen Kampf zu zieh'n!

Philipp:
Sobald im eig'nen Lande Friede herrscht,
Gedenk' ich diese Sache zu erwägen:
Doch jetzt, wo der Empörung wilde Wogen
Mich selbst bedrän'n, ist nicht daran zu denken:
Ich kann dem Nachbar doch nicht löschen helfen,
Wenn es in meinem eig'nen Hause brennt!
Ihr seht, Ihr werdet Euch gedulden müssen!

Cardinal:
Ein großes Ziel soll Alle nun vereinen,
Die Christen sind: o König, sei versöhnlich
Und lasse ruh'n den argen Bruderzwist!
Ich bin mit reicher Vollmacht ausgestattet

Und werde zwischen Dir und Deinen Gegnern
Leicht einen billigen Vergleich vermitteln.

Philipp:
Ich sollte mit Empörern mich vergleichen?
Da, wo ich Herr bin, sollt' ich unterhandeln
Durch einen Dritten, ich, des Landes König?

Rigord (leise zum König):
Merkt auf: zuerst vermitteln, dann gebieten;
Das ist der alte Kniff, die Art von Rom!

Cardinal:
Verfolge nicht der Selbstsucht kleine Zwecke,
Sie müssen weichen einem großen Ziele:
Du bist ein Christ; bedenke das, o König!
Die Sache Gottes geht voran; es kommt
Nicht in Betracht solch' kleinlich Recht der Krone!

Rigord (heimlich zum König):
Für Rom wahrhaftig nicht!

Philipp:
                            Doch für den König!
(zum Cardinal):
Erspart Euch die vergeb'ne Müh' und wißt:
In meinem Reiche schaff' ich selbst mir Ruh!
Ich brauche keines Fremden Rath und Hilfe,
Damit ich mit Empörern mich vergleiche;
Wozu wär' ich des Landes König sonst?
Mit meines Schwertes Schärfe will ich sie
Zu Boden schlagen, bis sie „Gnade" schrei'n!

Graf Raymund:
Das war ein Königswort!

Cardinal:
                          Ich sehe wohl,
Es neigt Dein stolzer Sinn sehr zur Gewalt!
O, laß Dich nicht von falschem Hochmuth leiten
Und wende doch Dein Herz zum guten Zweck:
Denn wie ein Kind Gehorsam schuldig ist
Der Mutter, also ist auch jeder Christ,
Vor jeder andren Pflicht, der heil'gen Kirche,
Die seine Mutter ist, Gehorsam schuldig.

Philipp:

Doch nur in dem, was recht und billig ist,
Und nicht in dem, was Ihr dafür erklärt,
Nur weil's für Eure Zwecke nützlich scheint!
Die Kirche hat mit meiner Krone Recht
Doch nichts zu schaffen: darum sag' ich Euch:
Mischt Eure heil'gen Hände nicht in Dinge,
Die Euch nichts angeh'n: leichtlich könntet Ihr
Sie Euch dabei verbrennen!

Cardinal:
                                    König Frankreichs,
Du wandelst Bahnen, die gefährlich sind;
Es ist ein unbestritt'nes, heil'ges Recht
Der Kirche, die Entzweiten zu versöhnen!

Philipp:

Ich laß' ihr jedes Recht, das ihr gebührt,
Doch soll sie mir auch meine Rechte lassen.
Genug davon! Ich hab' nicht Lust, noch Zeit,
Mit Euch zu streiten; denn zum Abmarsch steht
Mein Heer bereit; vermeldet meine Botschaft
Dem heil'gen Vater; kehrt der Friede wieder
In meinem Reich, so gebe ich vielleicht
Euch besseren Bescheid; indeß' lebt wohl!

(Philipp und das Gefolge gehen links ab; Rigord macht zuvor
noch dem Cardinal, der ihm einen wüthenden Blick zuwirft, eine
tiefe ironische Verbeugung.)

Cardinal:

O unerträglich ist's! Der schlaue Kanzler
Verhöhnt mich noch und spottet meiner Ohnmacht:
Und ich, des heil'gen Vaters Abgesandter,
Vor dessen Wort die Welt sich beugt, ich muß
Mir das gefallen lassen! Was beginnen? —
Allüberall in jedem and'ren Lande
Ist Rom der Richter und der Herr der Fürsten,
Nur hier in Frankreich nicht, und alle Klugheit
Und alle List vermag es nicht zu ändern!
Die Kirche, die Beherrscherin der Welt,
Hier triumphirt sie nicht: o Schmach, hier ist
Sie noch die Magd des Throns! Denn eisenfest
Hält dieser König seiner Krone Recht

In Händen und er gibt sich keine Blöße! —
Inzwischen will ich klug die Zeit benützen,
Den Boden will ich vorbereiten, daß die Saat
Gedeihen mag, wenn uns're Stunde kommt.
Die Geistlichkeit will ich zum Trotze reizen:
Zum Kreuzzug sollen sie das Volk entflammen,
Indeß er fern dem Reich verweilt; er soll
Es anders finden, wenn er wiederkehrt!
Noch Jeder mußte sich der Kirche fügen,
Der ihr zu trotzen wagte: nur Geduld!
Du bist ein Mensch; auch Du wirst einmal fehlen
Und Deinem Schicksal wirst Du nicht entgeh'n!

(Bleibt in Gedanken versunken stehen.)

Fünfte Scene.

Der **Cardinal**: **Ingeburg** und **Walther** kommen von der rechten
Seite.

Ingeburg:
Ihr hättet mich daran nicht hindern sollen,
Ich wollt', ich wäre zwischen sie getreten:
Denn besser wär's, er hätte mich getödtet,
Als daß ich solch' ein schmählich Leben trage!

Walther:
Die Kirche muß Euch schützen; seid getrost!

Cardinal (aufblickend):
Ein Abt mit einer Frau! — ei seh ich recht? —
Ja doch, er ist's!
(ihnen entgegengehend):
              Ihr seid es, Bischof Walther?

Walther:
Ich neige mich vor seiner Heiligkeit
Hochwürdigem Legaten.

Cardinal:
                    Seid gegrüßt
Von ganzem Herzen! Manches Jahr verfloß,
Seit wir die hohe Schule zu Paris
Gemeinschaftlich besucht; wie ist es Euch
Indess ergangen?

Walther:

Leider herzlich schlecht,
Wie es in Frankreich jedem Bischof geht,
Der nicht dem König unbedingt gehorcht.
Hier gilt die Kirche nichts und nichts der Papst:
Hier herrscht nur Eins: das ist des Königs Wille!

Cardinal:

So Manches steht in diesem Lande schlimm,
Das seh' ich selbst, und dennoch dünket mir,
Daß Euer fromme Eifer diese Dinge
Zu schwarz erschaut: ich werde auch darüber
Mit Euch noch sprechen: — doch wer ist die Dame?

Walther:

Die hohe Frau ist Frankreichs Königin,
Und eben wollte ich mit ihr zu Euch.

Cardinal (zu Ingeburg):

Ich grüße Eure Hoheit, und Ihr kämt
Zu mir? Weshalb? Womit kann ich Euch dienen?

Ingeburg:

Er sagt, ich sei die Königin des Landes —
O, glaubt es nicht! Ich bin es nimmermehr!
Die ärmste, meistgekränkte aller Frau'n
Sie steht vor Euch und fleht Euch an um Hilfe!

Walther:

So schmählich ward der Ehe Sacrament
Noch nie verletzt!

Ingeburg:

                    Auf frevelhafte Weise
Bin ich vom Thron und Ehebett verstoßen,
Vom eigenen Gemal, von König Philipp!

Walther:

Durch einen ungerechten Urtheilsspruch!

Cardinal (mit wachsendem Interesse):

Durch einen ungerechten Urtheilsspruch?
Von König Philipp, sagtet Ihr, verstoßen?
Weshalb geschah's? Zu Rom war nichts davon
Bekannt, als ich mich auf den Weg begab!

Walther:
Ein größ'res Unrecht ward noch nie verübt
An einer wehr= und hilfelosen Frau!
(leise):
Ihr wißt, was wir von dieser Ehe hofften!

Cardinal
Ein Unrecht? Ehescheidung? Und weshalb?
Erzählet mir den Vorgang ganz genau!

Ingeburg:
Zum Himmel schreit die Schmach, die ich erfuhr!
An meinem Hochzeitstage, ich war dem König
Kaum angetraut, als wilde Leidenschaft
Zu einer And'ren ihn ergriff!

Cardinal:
Ist's möglich?

Walther:
Das Mädchen ist von einer selt'nen Schönheit!

Ingeburg:
Ein schönes Mädchen? — Solch ein unreif Ding!
Ist sie aus edler'm Blute denn wie ich,
Und ist sie denn um gar Vieles schöner?
Ich sage Euch, mit einem Liebestrank
Hat sie sein Herz berückt; sonst wär's nicht möglich!

Cardinal (ungeduldig):
Und was geschah? Erzählet weiter, weiter!

Walther:
Er schützte, kaum vermält, Verwandtschaft vor;
Berufen ward ein geistliches Gericht.

Ingeburg:
Umsonst war all mein Bitten, all mein Fleh'n,
Vergebens waren alle meine Thränen,
Nichts rührte sie; die Ehe ward gelöst! —
Zwar apellirt' ich an den heil'gen Vater —

Cardinal (hastig):
Ihr habt berufen? Das war wohlgethan!
(für sich):
Nun kommt er doch in unsere Gewalt!
(laut zu Ingeburg):
Ich will die Sache gründlich untersuchen; —
Das war sehr klug von Euch!

Ingeburg:

Es half mir nichts:
Die Scheidung ward am selben Tage vollzogen,
Mich jagte er wie eine Dirne fort:
Mich, eine Königstochter, welche nie
Der Gattin heil'ge Pflicht verletzt; o Schmach!
Ich sterbe, wenn nicht die Barmherzigkeit
Des heil'gen Vaters mir zum Recht verhilft!

Cardinal:

Ihr sollt Euch nicht vergebens an ihn wenden,
Er wird Euch helfen! Ist es, wie Ihr sagt,
Dann soll der König einen Richter finden,
Der ihn bestraft und Euer Recht erzwingt.

Walther:

Doch wenn's nicht bald geschieht, ist es zu spät,
Er ist ein Mann der ungestümen That:
Wie ich ihn kenne, wird kein Jahr vergeh'n,
Und Agnes von Meran ist seine Frau!

Cardinal (hastig):

Nun desto besser!

Walther:

Ich begreife nicht? —

Ingeburg:

Doch ich verzweifle dann und geh' zu Grunde!

Cardinal:

Geduldet Euch! Die Mühlen Gottes mahlen
Zwar langsam, aber sicher; laßt's gescheh'n!
Könnt Ihr denn gar nicht Etwas weiter schau'n,
Als Eure Hände reichen? Merket auf!
So lang der König And'res nicht verübt,
Als daß er Euch der Ehe Rechte weigert,
So lang ist wenig Aussicht auf Erfolg:
Denn, daß dem Mann die Gattin nicht gefällt,
Das ist nicht selten, und er findet Ausflucht
Und Gründe, welche ihn entschuldigen.
Doch nimmt er eine And're erst zur Frau,
Und bricht er so das Sakrament der Ehe,
So stößt sich dran auch der gemeinste Mann.
Und wenn wir dann, als des Gesetzes Wächter,

Ihm dies verbieten, Buße von ihm fordern,
So steht das ganze Volk auf unsrer Seite.
Wir haben dann das Recht und auch die Macht
Um ihn zu beugen und zur Pflicht zu zwingen!

Walther:
Ich neige mich vor Eurem klaren Geiste,
Der in der Zukunft Fernen sicher schaut!

Cardinal:
Ich sage Euch und wär' er zehnmal König,
Und hätte er die zwanzigfache Macht —
Er wird den stolzen Nacken beugen müssen;
Und Buße soll er dann im Staube thun,
Verstoßen soll er, die er sträflich freite,
Zerschmettern soll sie Beide Gottes Rache!
(zu Ingeburg):
Nun, stimmt Ihr bei? Und wollt Ihr Euch gedulden?

Ingeburg (leidenschaftlich):
Macht was Ihr wollt mit mir; ich folge Euch!
Zerschellt ist Alles, was begehrenswerth
Im Leben jemals mir gewesen ist,
Und was ich sonst gedacht, ist ausgelöscht:
Ich habe nichts zu fürchten, nichts zu hoffen!
Von Allem, was das Menschenherz bewegt,
Ist mir ein Einziges nur noch geblieben:
Die Rache ist's an jenen, welche mich
Um meine Jugend und um meine Ehre,
Um Alles, was ich sonst besaß, betrogen!
Und könnt Ihr mich zu diesem Ziele führen,
So leitet mich! Ich will Euch blindlings folgen,
Und wär es durch den Tod und durch die Hölle!

Cardinal:
Getröstet Euch und harrt geduldig aus,
Gehorcht mir nur!

Ingeburg:　　　　O, Alles will ich thun!

Cardinal (für sich):
Ein blindes Werkzeug unsrer großen Zwecke!
(Man hört hinter der Scene Fanfaren und Rufen des Volkes.)

Walther:
Das Heer bricht auf!

Cardinal:

Nun immerhin!

(Auf dem Balcon des Klosters im Hintergrunde erscheinen Agnes und Berthold, welche den Abziehenden zuwinken.)

Ingeburg:

O, seht!

Walther:

Agnes von Meran!

Ingeburg:

Ja, sie winkt ihm zu,
Und ich verzweifle; und der Himmel sieht's
Und läßt es doch gescheh'n!

Cardinal:

Die Rache kömmt;
Geduldet Euch!

Sechste Scene.

Vorige: Clairmont (tritt mit mehreren Bewaffneten auf die Bühne und geht auf **Ingeburg** zu.)

Clairmont (für sich):

Hier finde ich sie endlich!

(zu Ingeburg):

Im Namen Seiner Majestät des Königs
Erklär' ich Eure Hoheit für verhaftet.

Walther:

Mit welchem Rechte?

Clairmont:

Auf Befehl des Königs!

(zu Ingeburg):

Ihr habt im Augenblick abzureisen
Nach Etampes oder Dänemark; entscheidet!

Ingeburg:

Weh mir!

Cardinal:

Gewalt!

Clairmont:

Ich übe meine Pflicht!
Respect vor Eurem heil'gen Amte, Herr,

Doch Platz für mein's!

(zu Ingeburg):

Erschweret Euch

Und mir nicht, was geschehen muß; entscheidet!

Cardinal:

Geht nach Etampes!

Ingeburg:

Ich will in Frankreich bleiben!

Cardinal (hastig zu Ingeburg):

So thut Ihr recht; erwartet Eure Zeit!

Clairmont (zu Ingeburg):

Ich bitte Eure Hoheit, mir zu folgen.

Ingeburg:

Nur der Gewalt!

(Ingeburg wird von Clairmont und den Bewaffneten fort-
geführt; Walther folgt ihnen.)

Cardinal (ihnen nachblickend):

Du bist in unsren Händen

Trotz Deiner Macht! O zieh, wohin Du willst,
Du stolzer König; uns entgehst Du nicht;
Denn Deine Leidenschaft sie zieht mit Dir
Und nach Canossa führen Deine Wege!
Du bist ein Mensch: die Kirche triumphirt!
Du sollst Dich bald in unsren Willen fügen,
Wenn Du in Frieden leben willst; wenn nicht,
Sollst Du mich nicht umsonst geladen haben:
Ich werde kommen zu geleg'ner Stunde!

Der Vorhang fällt.

Vierter Act.

Cabinet des Königs.

Erste Scene.

Philipp: Agnes.

Philipp (der Eintretenden entgegengehend):
Mein holdes Weib, was führt Dich her zu mir
Zu ungewohnter Stunde?

Agnes:

Stör' ich Dich?

Philipp:
Du bist mir stets willkommen — aber Agnes
Du siehst ja ganz geängstet aus! — Was gibt's?

Agnes:
Sei mir nicht böse! Schelte mich nicht zaghaft!
Mir ist es heute schon den ganzen Tag,
Als ob ein schweres Unglück kommen sollte —

Philipp:
Und ohne allen Grund erschrickst Du so;
Ei, weshalb sollte denn ein Unglück nah'n?

Agnes:
Du wirst es wohl ein Wahngebilde nennen —

Philipp:
Es wird wohl auch nichts And'res sein; doch rede!

Agnes:
Als ich im Morgenschlummer heute lag,
Da hatt' ich einen fürchterlichen Traum:
Ich träumte erst, ich wandelte mit Dir
In einem schönen Garten: plötzlich rauschte
Die Luft von einem schweren Flügelschlag:
Ein ungeheu'rer Geier schoß herab,

Der schlug in's Herz mir seine scharfen Fänge
Und riß mich weg von Dir und trug mich fort.
Dich aber sah ich fern in Todesangst
Die Hände nach mir breiten; gräßlich war's!
Ich schrie vor Schmerz im Schlafe laut um Hilfe; —
Da wacht' ich weinend auf; der Traum zerstob!

Philipp:
Wie jeder Traum; Du bist ein rechtes Kind!

Agnes:
Ich werde den Gedanken nimmer los;
Ich suchte mich durch Arbeit zu zerstreu'n;
Es nützte nichts; in meiner Seele bebt
Noch immer fort die ahnungsvolle Angst;
Sie trieb mich her zu Dir: verzeihe mir!
Ich weiß nur einen Ort, wohin die Furcht
Mir nicht zu folgen wagt; der ist bei Dir!
D'rum flüchte ich mich nun zu meinem Herrn,
Und wenn er mich auch zaghaft schelten sollte; —

Philipp:
Ich sollt' es thun, denn Du verdientest Strafe.
Soll eines König's Frau nicht muthig sein?
Und meine Agnes schrecken eitle Träume? —
Doch wenn Du ernstlich Besserung versprichst,
Und künftig tapf'rer mit den Träumen kämpfst,
Sei Dir in Gnaden diesmal noch verzieh'n!

Agnes:
O, spotte mich nur aus; ich will's ertragen!
Ich habe doch erreicht, was ich gewollt;
Ich bin bei Dir und ruhig schlägt mein Herz.

Philipp:
Wer wird sich auch von Träumen schrecken lassen?!

Agnes:
Ihr Männer seid nicht billig gegen uns;
Euch dünkt es häufig nur belächelnswerth,
Was uns in uns'rer kleinen Welt erschreckt;
Denn Eure That hat ungemess'nen Raum;
Doch unser Reich, an unsres Hauses Schwelle
Schon endet es, und das bedenkt Ihr nicht!

Philipp:
Ihr solltet uns den weiten Raum nicht neiden!
Denn sieh! Wie gerne flüchten wir zu Euch
Aus unsrer großen, sturmdurchtobten Welt!
Den Mann ergreift des Lebens rauhe Faust,
Und oft, vom Kampf ermüdet, kehrt er heim
An seines Hauses Herd; dort ruht er aus
In Eurem kleinen, friedlich schönen Reich
Der Liebe, wo mit sanfter Hand die Frau
Die Sorge weg von seiner Stirne scheucht.
Wo schöpfen wir zu neuem Schaffen Kraft,
Wo Muth zu neuer That, als wie bei Euch? —
So wird das Weib zu unsres Lebens Freude,
Zum guten Engel unsres ganzen Strebens,
Zur Sonne, welche unsrem Tagwerk leuchtet,
Zum Abendstern, zu dem wir hoffend blicken,
Wenn uns der Sorge bange Nacht umgibt!
Und dieses bist Du mir geworden, Agnes; —
Ist für ein liebend Weib solch' ein Beruf
Nicht groß genug, daß er es vollbeglücke?

Agnes:
Wenn einer Frau solch' neidenswerthes Loos
Wie mir beschieden ward, o dann gewiß!
O, könnt' ich Dir für alle Müh' und Sorge
Nur besser lohnen; doch wir armen Frau'n
Wir haben nur ein Einziges zu eigen,
Womit wir danken können: Unsre Liebe! —
Wie wenig ist's!

Philipp:
                    Und doch vollauf genug!
Denn Liebe fordert keinen and'ren Lohn,
Als Gegenliebe; biete Königreiche
Und der gesammten Erde Schätze; selbst
Des Himmels Seligkeit — ein Bettelpfennig
Erscheint's der Liebe gegen diesen Preis. —
Bleib' Du mir immer nur, was Du mir bist,
Dann werd' ich immer noch Dein Schuldner sein! —
Doch jetzt, für einen Augenblick, verzeih! —
Ich habe meinen Kanzler herbestellt

Und hör' ihn kommen; tritt indessen ein;
Es wird nicht lange währen; — oder bleibe!

Agnes:

Ich geh' indeß und kehre dann zurück,
Ist er erst fort von Dir.

Philipp:

                Nun, wie Du willst!

Agnes:

Ihr Männer habt ja mancherlei Geschäfte,
Wo Euch die Frau nur ungelegen ist;
Es wird so besser sein!

             (wendet sich zum Gehen.)

Philipp:

                Auf Wiederseh'n!

        (A g n e s durch eine Seitenthür ab.)

Zweite Scene.

Philipp: Rigord.

Rigord (wird von einem Kämmerer hereingeleitet):

Ihr habt befohlen, Majestät! —

Philipp:

                Willkommen! —
Wieviel ist's an der Zeit?

Rigord:

             Es ist halb eilf.

Philipp:

Und der Empfang des Cardinallegaten
Ward heute für eilf Uhr bestimmt?

Rigord:

               So ist's!
Es strömt des Landes Geistlichkeit herbei
In hellen Haufen; und es rennt das Volk,
Wo er sich zeigt, ihm auf der Gasse nach,
Als gält's ein selt'nes Wunderthier zu seh'n!

Philipp:

Und hast Du seiner Ankunft Zweck erfahren?

Rigord:

Er kommt von Rom, und was von Rom gekommen,
Das hat uns selten Gutes noch gebracht!
Ich wünscht', er wäre tausend Meilen weit! —
Weshalb er eigentlich gekommen ist,
Erfuhr ich nicht; jedoch es ist derselbe,
Der Euch in Beaurepaire vor ein'gen Jahren
Zu einem neuen Zug in's heil'ge Land
Bereden wollte.

Philipp:

Deshalb kommt er wieder?
Der Zustand meines Reich's gestattet jetzt,
Daß jeder meiner Unterthanen, der
Zum Kreuzzug sich berufen fühlt, ihm folge;
Ich will d'ran Niemand hindern.

Rigord:

Mit Verlaub,
Ihr seid im Irrthum Herr! Denn das Geschäft
Besorgt ein anderer Legat des Papstes
Seit Monden schon!

Philipp:

Und weshalb kommt der Zweite?

Rigord:

Ich fürchte sehr, daß ich's errathen könnte.

Philipp:

Du fürchtest sehr?

Rigord:

Und zwar mit allem Grund.
Bedenkt, daß Eurer zweiten Ehe sich
Die Geistlichkeit des Landes widersetzte
Auf Roms Geheiß; dieselben Bischöfe,
Die Eure Ehescheidung erst vollzogen,
Erhoben Einspruch auf Befehl des Papstes,
Als Ihr mit Agnes von Meranien
Euch habt vermält; selbst Euer eig'ner Ohm,
Er wandte sich von Euch, als dies geschah!

Philipp:

Das weiß ich Alles; doch was kümmert's mich!
Ich handelte nach Recht und nach Gesetz,

Und hätt' ich Unrecht auch gethan — wer wollte
In meinem Lande mir Gesetze geben? —
— Zwar daß sie's möchten, glaube ich Dir gern,
Jedoch sie kennen mich und hüten sich
Vor dem Versuch!

Rigord:

Noch wagten sie es nicht,
Noch beugen sie zum Scheine sich vor Euch;
Jedoch seit dieser Innocenz den Thron
Zu Rom bestieg, ein zweiter Hildebrand,
Ein Riesengeist, der jeden Kampf der Völker,
Und jeden Streit der Fürsten klug benützt,
Der Kirche Herrschaft mächtig auszubreiten,
Seit dieser Zeit droht ernstliche Gefahr.

Philipp:
So laß ihn droh'n; die Drohung schreckt mich nicht!

Rigord:
O, scheltet mich nicht furchtsam, gnäd'ger Herr,
Wenn ich die ernste Sache ernst erfasse.
Er ist zum Richter aufgerufen worden
Von Ingeburg in Eurem Ehestreit;
Meint Ihr, er werde die Gelegenheit
Nicht nützen, die ihm so erwünscht gekommen?
Meint Ihr, daß dieser Papst, der nach der Herrschaft
Der Erde strebt, vor Eurer Macht sich fürchte?
Blickt doch um Euch, was er bereits vollbrachte!
Schon liegt Italien zu seinen Füßen;
Er ist nicht mehr Vasall des deutschen Kaisers,
Er stellt in Deutschland einen Kaiser auf!
Ihr aber stemmt Euch seinem Thun entgegen.

Philipp:
Wie Jedem, welches meine Pläne kreuzt.

Rigord:
Ja, hättet Ihr Euch allen seinen Wünschen
Gefügt, der Kirche Herrschaft anerkannt;
Wär't Ihr ein willig Werkzeug seiner Pläne,
Dann hättet Ihr in Frieden leben können!
Ihr könntet Frauen nehmen nach Gefallen,

Er hätt' Euch Absolution ertheilt. —
Doch, da er sieht, daß Ihr zu trotzen wagt,
So hat er sich entschlossen, Euch zu zwingen,
Und hat Euch Eures Ehestreites wegen,
Bereits geschrieben, hat Euch schon gedroht!

Philipp:
Nun allerdings; ich schrieb ihm auch zurück,
Er sollte mich damit in Ruhe lassen;
Und als er wieder schrieb, legt' ich die Briefe
Mit dem gebührenden Respect bei Seite!

Rigord:
O, gnäd'ger Herr, ich sage Euch, der Papst
Ist auch der Mann, die Drohung auszuführen,
Und deshalb kommt sein Cardinallegat.

Philipp:
Nun laß' ihn kommen, wenn er sehen wird,
Daß er mit mir nichts richtet, geht er wieder!

Rigord:
Herr, nehmt die Sache nicht zu leicht; es könnte
Von üblen Folgen sein und Euch gereu'n!
Bedenkt, wer seinen Gegner unterschätzt,
Verliert zumeist!

Philipp:
                    Doch wer den Gegner scheut,
Den schlägt die Furcht, bevor der Feind ihn schlug!

Rigord:
Der Unzufried'nen sind im Reiche viel,
Die sich an seine Seite stellen würden.
Zuerst des Landes ganze Geistlichkeit,
Sodann so mancher Eurer Barone; —
Von dem gemeinen Volk gar nicht zu reden. —
Das Schlimmste ist, daß Ingeburg's Berufung
Ein scheinbar Recht zu solchem Thun ihm bietet. —
Ihr thätet besser, diesen Streit zu meiden! —

Philipp:
Ich kann ja nicht, wenn er mich dazu zwingt!
Ich kann doch nicht des Reiches Wohl vergessen
Und seiner Herrschsucht alle Rechte opfern?

Rigord:

Es gäbe doch noch einen Weg!

Philipp:

Und welchen?
Du wirst mir doch im Ernst nicht rathen wollen,
Ich sollte mein geliebtes Weib verstoßen?

Rigord:

Behüte Gott!

Philipp:

Nun dann begreif' ich nicht!

Rigord:

Das Mittel wäre freilich etwas hart;
Doch dürft Ihr in der Wahl nicht ängstlich sein,
Wenn es kein and'res gibt! Ihr kämt gewiß
In diesem Streit zu kurz, wenn Ihr den Papst
Mit gleicher Waffe nicht bekämpfen wolltet.
List gegen List! Vermeidet jetzt den Streit
Um jeden Preis; beschwichtigt ihn indeß
Und thut zum Schein, als ob Ihr ihm gehorchtet.
Er würde sonst das Land mit Bann belegen. —

Philipp:

Was würde das mir nützen? Schieb' ich's auf,
So kommt es später doch dazu

Rigord:

Es läßt
Sich ganz vermeiden, wenn Ihr Zeit gewinnt,
Und wenn indeß des Streites Grund entfiele;
Die Ursache davon ist Ingeburg.
Gesetzt den Fall, es wäre diese Dänin
Nicht am Leben: — hätt' er dann ein Recht,
In Eure zweite Ehe sich zu mischen?
Und wär' es besser nicht, die Eine stürbe,
Als daß das ganze Reich den Bann erleide?

Philipp:

Nein, Rigord, nein! ich will Dich nicht verstehn,
Verstände ich Dich auch —

Rigord:

O Herr, bedenkt:
Ihr müsset sie ja nicht ermorden lassen;

Man kann ja der Natur zu Hilfe kommen
Durch Mittel, welche unauffällig sind.

Philipp:

Ich will davon nichts weiter hören; geh'!
Du meinst es gut mir; jedoch Dein Rath
Ist schlecht! Auch hab' ich Macht genug dazu,
Daß ich noch solche Wege missen kann.
Zudem ist es ja noch nicht ausgemacht,
Daß der Legat aus diesem Anlaß kommt. —
Ich suchte keinen Streit, doch will ich ihn,
Wenn er mir aufgedrungen wird, nicht meiden!
Ich will es auch nicht in die Länge ziehn!
Ich bin der Kniffe satt; — es bleibt dabei,
Ich will den päpstlichen Legaten hören!
Und wenn der Kampf nun unvermeidlich ist —

Rigord:

Dann ist es zweifelhaft, wer siegen wird!

Philipp:

Das mag die Zukunft lehren; meinestheils
Soll mir davor nicht bange sein; ergreift
Des Landes Geistlichkeit Partei für Rom,
So mögen sie's das einemal versuchen;
Ein zweitesmal wird ihnen alle Lust,
Dazu vergangen sein; verlaß' Dich drauf!
Ich werde brechen, was sich mir nicht beugt.
Des Papstes Ansehn und der Krone Macht,
Sie steh'n sich lange feindlich gegenüber;
Ich aber will mir einmal Ruhe schaffen
Für alle Zeit; je eher, desto lieber!

Rigord:

Ich fürchte sehr!

Philipp:

      Thu das, was ich Dich heiße,
Und gehe nun!

Rigord!

      Mit schwerem Herzen zwar,
Doch wie es Eurer Hoheit besser scheint
            (abgehend für sich):
Verschmäht Ihr meinen Rath, mir schadet's nicht!
            (Ab.)

Dritte Scene.

Philipp: Agnes.

Agnes (wieder eintretend):
Ich hörte heftig reden; Deine Stirn
Erscheint umwölkt; Du schaust so ernst mein Gatte:
Die Nachricht, die der Kanzler Dir gebracht,
War wohl nicht gut?

Philipp:
                    Ein mißliches Geschäft!

Agnes:
Was ist's, geliebter Herr? Du scheinst bekümmert!
Eröffne mir's; es wird Dein Herz erleichtern.

Philipp:
Mir wär es lieber, könnt' ich Dir's verschweigen!

Agnes:
Mein guter Herr der liebt mich allzusehr
Und läßt mir kein Verdienst um meine Liebe;
Wie ängstlich hält er jede Sorge fern
Von meinem Haupt, und das ist ungerecht!
Wenn's eine Freude ist, die Dir begegnet,
Gibst Du mir stets mein reichlich Theil davon;
Jedoch mit Deinem Leide bist Du karg,
Das trägst Du selbst und mir verweigerst Du
Den Theil, der mir gehört! —

Philipp:
                    Jedoch versprich
Mir, daß Du Dich nicht ängsten wirst!

Agnes:
O ich will muthig sein! Erprob' es nur.
Nun rede immerhin!

Philipp:
                    Mir thut es weh,
Daß ich den Schmerz Dir nicht ersparen kann;
Ich gehe einem harten Kampf entgegen,
Doch soll mir um den Sieg nicht bange sein,
Wenn Du nur muthig bist; nur Deinetwegen
Erfüllt mich Sorge!

Agnes:

O Du sollst es seh'n,
Wie stark ich bin; die Liebe steht mir bei:
Die Liebe gibt mir Kraft!

Philipp:

So höre denn:
Der neue Papst ist uns'rer Ehe gram
Und hat mir schon mit Bann und Fluch gedroht.
Wenn ich mich nicht in seinen Willen füge;

Agnes:

O du mein Gott! — so wird es zum Verbrechen
Mir angerechnet, daß ich Dich geliebt?
Was haben wir ihm denn zu Leid gethan?

Philipp:

Zu Leide nichts! Doch ich verweigerte
Zu thun, was er begehrt; ja hätte ich
Der Krone Rechte alle ihm geopfert;
Hätt' ich in Deutschland unterstützt den Welfen,
Und dies und das gethan, was er begehrt:
Dann hätte er mich wohl in Ruh' gelassen,
Ich that es nicht: nun denkt er mich zu zwingen.
Er sendet einen Cardinallegaten
An meinen Hof: es kommt zum Kampf mit Rom!

Agnes:

O wehe uns!

Philipp:

Sei stark, mein holdes Weib!

Agnes:

Steh Gott uns bei, ich seh' das Unglück kommen!

Philipp:

Du bist des Augenblick's verzagtes Kind,
Wie alle Frauen: Ihr verzweifelt gleich,
Wenn sich die kleinste Wetterwolke zeigt:
Daß nach dem Ungewitter hell die Sonne
Und siegend durch die Wolke brechen muß,
Bedenkt Ihr nicht — laß' ihn es nur versuchen!
Ich fürchte Gott, doch Menschen fürcht' ich nicht!
Ich will den päpstlichen Legaten hören;
Du aber sollst dabei zugegen sein,

Geschmückt mit Deinem köstlichsten Gewand,
Als Königin an Deines Gatten Seite,
In Deiner Schönheit vollem Tugendglanz;
Ich will doch seh'n, ob sich ein Mensch vermißt,
Den Bund, den Gott geschlossen, zu zerreißen!

Agnes:
Ich fleh' Dich an, vermeide diesen Streit!
Qualvolle Angst durchzittert meine Seele; —
Mir ist's, als hörte ich die Flügelschläge
Des Unglücks, welches uns'rer Liebe naht.

Philipp:
Sei ohne Furcht; der Sieg wird unser sein!
Laß' Dich doch nicht vom Augenblick erschrecken; —
Nun aber komm!

Agnes:
    Du willst es; ich gehorche!
Und hießest Du mich in den Tod zu geh'n,
Ich spräche still: Es sei, geliebter Herr! —
Erfülle sich mein Loos, wie es der Himmel
Beschlossen haben mag!

Philipp:
    Sei ohne Sorge;
Die Zukunft bringt uns manches frohe Jahr!
     (Ab.)

    (Verwandlung.)

Vierte Scene.

Empfangssaal des königlichen Schlosses.

Versammlung des Hofstaates, geistliche und weltliche Würdenträger
treten nach und nach ein und versammeln sich; rechts die Geistlichkeit,
links die Ritter und Weltlichen; darunter: **Erzbischof Wilhelm,
Bischof Walther, Graf Raymund von Toulouse:** allerseits sichtbare Aufregung.

Erzbischof Wilhelm (zu Walther):
Ich fällte jenen Spruch in gutem Glauben,
Ich thäte recht damit; der Kanzler ist
An Allem schuld!

Walther:

Das ist ein Philosoph
Von schlimmster Sorte, ränkevoll und schlau:
Der schwur geflissentlich den falschen Eid,
Und führte Euch und auch den König irre!

Wilhelm:

Ich bin davon genugsam überzeugt,
Und dennoch schmerzt es mich in tiefster Seele,
Daß es so kommt, wie es nun kommen muß!
Der König ist mein Neffe, den ich liebe
Wie einen Sohn; er hat ein edles Herz
Und einen hohen Geist; er war der Stolz
Von meinen alten Tagen; nur verblendet
Ist er von seinem Günstling!

(Zustimmung unter den Geistlichen; Rufe:)

                              Ja, so ist's! So ist's!

Walther:

Der König ist von diesem Feind der Kirche
So ganz und gar umgarnt, daß er nicht merkt,
Wie er zum Werkzeug seiner Pläne wird.
Ist es nicht eine Schande, daß ein solcher
Gewissenloser Mensch das Reich regiert?
Wer hat ihn denn zum Ehebruch verführt,
Als dieser Günstling? Und wer leitet ihn,
Daß er der Kirche Recht mit Füßen tritt? —
Daß er den Bischof von Cambray wie einen
Gemeinen Mörder hält in strenger Haft?
Daß sich der Albigenser Ketzerlehre
Im Süden unsres Reiches ungestraft
Verbreiten darf? — Ja, soll die Kirche nicht
In Frankreich ganz und gar zu Grunde geh'n,
So ist es höchste Zeit, daß endlich doch
Der heil'ge Vater sich entschlossen hat,
Mit Strenge den Gehorsam zu erzwingen!

Wilhelm:

Doch grausam ist des Interdictes Mittel:
Wie wird das arme Volk darunter leiden!

Walther:

Es gibt kein Zweites, das den Zweck erreicht;
Denn zu bekehren ist der König nicht

Auf and're Weise; also muß es sein!
Verderblich wirkt des Königs schlechtes Beispiel,
Und Trotz und Lauheit gegen heil'ge Dinge
Verbreiten sich wie eine arge Pest!
Ist nicht die ganze Ritterschaft des Landes
Bereits von diesem bösen Geist ergriffen?
Hier können nur die strengsten Mittel helfen,
Wenn man das Uebel an der Wurzel faßt!

Wilhelm:

Ihr habt wohl recht! — Doch ich bin alt und schwach;
Verlangt von mir nicht mehr, als ich vermag!
Mir fehlt die Kraft, um es mit anzuseh'n;
Es bräche mir das Herz; darum verzeiht,
Wenn ich Euch nun verlasse; doch ich will,
Wenn erst das Interdict vollzogen ist,
Den Neffen mahnen, daß er sich bekehre!

Walther:

Thut so, verehrter Herr! Auch dieses wird
Von Nutzen sein!
                              (Wilhelm ab.)

Walther:

                    Man kann's dem schwachen Greise
Wohl nicht verübeln, denn er liebt den König. —
Doch tretet näher! Ich will leiser sprechen;
Ich seh' ganz gut, wie sie die Ohren spitzen,
Die Herr'n da drüben! Tretet näher her!
Sie sollen es nicht vor der Zeit erlauschen!
          (redet leise mit den ihn umgebenden Geistlichen weiter.)

Fünfte Scene.

Rigord tritt unter die weltlichen Herren auf der anderen Seite; **Graf Raymund von Toulouse** geht haftig auf denselben zu.

Raymund:

Ihr müßt es wissen, Rigord, was es gibt!
Es heißt ein Cardinallegat des Papstes
Sei eingetroffen; ist es seinetwegen?

Die Luft dünkt mir gewitterschwül zu sein:
Seh't, wie die Geistlichkeit die Köpfe dort
Zusammensteckt und heimlich thut und flüstert!
Mir däucht, sie hecken etwas Uebles aus!
Warum entbietet man den ganzen Hof
Zu dem Empfang des Cardinallegaten?
Was will der Papst schon wieder von dem König?

Rigord:
O, eine Kleinigkeit, mein werther Graf!
Der König soll Vasall des Papstes werden;
Auch soll er unsre Königin verstoßen,
Die er von Herzen liebt und Ingeburg
Als Frau erkennen; außerdem vielleicht
Sich jedes Einflußes bei Bischofswahlen
Enthalten; kurz als freien Staat im Staate
Die Kirche gelten lassen, und dafür
Gestattet ihm der heil'ge Vater gnädig,
Daß er ihm dankbar den Pantoffel küsse
Als sein Vasall und weiterherrschen dürfe:
Das heißt, solang' der König folgsam ist
Und insolang' es seiner Heiligkeit
Gefallen mag. — In manchem and'ren Land
Hat es der Papst bereits dahin gebracht,
Nun aber, meint er, käm an uns die Reihe.

Raymund:
Ich denke doch, der König ist der Mann,
Daß er den Papst in seine Schranken weise.
Soll er zur Puppe werden, die der Papst
Nach Wunsch und Willen lenkt, und unser Land
Vasallenstaat von Rom?

Rigord:
                    Ja, Ihr habt Recht.
In Frankreich war das wohl bisher nicht üblich;
Jedoch das schadet nichts: die neue Ordnung
Wird eben eingeführt!

Raymund:
                    Wenn das geschieht,
Zerbrech' ich meinen Schild: mit kahlem Kopf

Will ich in einer Kutte Psalmen singen
Und schämen will ich mich vor meinen Ahnen,
Die Herrschern dienten, welche Herrscher waren! —
Der König darf sich das nicht bieten lassen!
              (Zustimmende Rufe unter den Rittern.)
      Rigord:
Nun ja, Ihr Herr'n; er möchte wohl nicht gerne;
Jedoch der Papst versucht es mit Gewalt.
Denn sollte er sich widerspänstig zeigen,
So ist dafür gesorgt; es gibt ja Mittel,
Die sich mit Christenliebe gut vertragen
Und heilsam und von großer Wirkung sind;
Er zwingt den König, welcher trotzig ist.
Das ist ganz einfach; seh't, er fällt den Spruch,
Des Königs zweite Ehe sei nicht giltig;
Belegt das Land, das freilich schuldlos scheint, —
Doch solche Kleinigkeiten kommen ja
Bei diesem heil'gen Zweck nicht in Betracht —
Mit Interdict und Fluch; verlaß't Euch d'rauf,
Der König wird dann schon zu Kreuze kriechen
Und Alles thun, will er in Frieden leben
Mit seiner zweiten, heißgeliebten Frau.

      Raymund:
Die Geistlichkeit hat doch die erste Ehe
Nach Fug und Recht gelöst vor dreien Jahren?!
Ist nicht die Königin der Frauen Zier?
Ein Muster aller Schönheit, aller Tugend,
An Ruf und Sitte einer Heil'gen gleich?
Verehrt sie nicht das ganze Volk als Engel,
Der rettend naht, wo Hilfe nöthig ist:
Und diese will der Papst zu schmächen wagen?
Bei meinem Schwerte! Das soll nicht gescheh'n!
         (Zustimmende Rufe unter den Rittern; Aufregung.)
      Rigord:
Gemach Ihr Herr'n! Geh't nicht so hitzig d'rein!
Seid unbesorgt! Philipp Augustus ist
Ein ganzer König, den der Papst nicht schreckt.
Da kommt er selbst; seh't, mit der Königin!

Sechste Scene.

Philipp; Agnes; Vorige.

(Zurufe der Ritter.)

Graf Raymund:

Heil unsrem König! Heil der Königin!

(Durch die Reihen der Geistlichkeit geht ein abfälliges Murren.)

Walther (zu den Geistlichen):

Wie, seh' ich recht? Der König wagt es noch
Sie mitzubringen!

Philipp (der unterdessen mit A g n e s den Thron bestiegen hat, zu den
Weltlichen gewendet):

Nehm't, Ihr vielgetreuen
Vasallen meinen Dank zunächst und hört
Den Grund, warum ich Euch hieherberief.
Ihr kennet mich von Jugend auf und wißt,
Daß ich ein frommer Christ gewesen bin,
So lang' ich lebe; daß ich Gut und Blut
Für unsren heil'gen Glauben freudig wagte. —
So mancher Kampfgenoss' von damals steht
Hier unter Euch und könnte es bezeugen!

(Einzelne zustimmende Rufe unter den Rittern.)

So ist's! So ist's!

Philipp (fortfahrend):

Doch mancher wack're Held
Hat jenen Kreuzzug mit dem Tod bezahlt.
Genug davon! Ihr wißt die Lehre Gottes
Und jedes Recht der Kirche ehrte ich
Gleich meinen Ahnen hoch und hielt es werth;
Und daß sonach wohl nichts mir ferner liegt,
Als Streit zu suchen mit dem Oberhaupt
Der Kirche, das beweist mein ganzes Leben.
Und dennoch bin ich mit dem Papst, der nun
Den Thron zu Rom bestieg, in Streit gerathen. —
Der Himmel weiß, es ist nicht meine Schuld. —
Denn wenn er dort, wo er berechtigt ist,
Gehorsam forderte für Christi Lehre,
Wär' ich der Letzte, welcher nicht gehorchte! —
Doch dieser Papst strebt nach der Erde Macht!

Er sendet überall Legaten aus,
Die Zwietracht zwischen Königen und Völkern
Zu säen. Schießt der böse Samen auf,
Dann reißen sie im Streit die Macht an sich.
In manchem Reiche ist ihm das gelungen,
Nun denkt er's auch in Frankreich zu versuchen.
Und weil ich, seiner Herrschsucht Zweck durchblickend,
Mich nicht bequeme sein Vasall zu sein,
So denkt er mich nun mit Gewalt zu zwingen.
Den Anlaß bietet ihm mein Ehestreit.
O, er ist schlangenklug an's Werk gegangen.
So lang' er hoffte, daß ich ihm gehorchte,
So lang' war ihm die zweite Ehe recht.
Nun aber soll sie ein Verbrechen sein
Mit einemmal; aus keinem and'ren Grund,
Als weil ich, seiner Herrschsucht widerstrebe;
Ich soll gehorchen, soll mich unterordnen
Sein Sclave sein; dann läßt er mich zufrieden.
Doch thu' ich's nicht, will er an's Herz mir greifen;
Und deshalb kommt sein Cardinallegat.

(unter wachsendem Beifall der Weltlichen):

So steht die Sache auf des Schwertes Schneide;
Ich aber will nicht nach Canossa geh'n!
Ob er mich zwingt, mag Innocenz versuchen.
Denn, wenn er nun an meiner Krone Recht
Mir greifen will, wenn er des Hauses Frieden
Zu stören mir gedenkt, dann bin ich nimmer
Der Christ, der ihm Gehorsam schuldig ist;
Dann tritt der König Frankreichs ihm entgegen,
Der es beschworen hat, ein jedes Recht
Der Krone gegen Jedermann zu schirmen
Und der Gemal, der seine Frau beschützt!

(Stürmische Zustimmung unter den Ritter; begeisterte Rufe):

Heil seiner Majestät! Heil unsrem König!

(Abfällige Bewegung und lautes Murren unter der Geistlichkeit.)

Philipp (sich gegen die Geistlichkeit wendend):
Was Euch betrifft, Ihr Geistlichen, Ihr hättet
Zu Zeiten meines Vaters Ludewig
Und zu des frommen Abtes Sügers Zeit

Es nicht gewagt, dem Papste beizusteh'n,
Hätt' er zu solchen Dingen sich erkühnt. —
Doch wenn Ihr es nun anders halten wollt,
Mißachtend Euren eignen Urtheilsspruch, —
Denn Ihr habt mich von Ingeburg geschieden —
Wenn Euch der Hochmuth, wenn die Herrschsucht Euch
Zu Kopf gestiegen ist, und wenn ihr meint,
Ich sei so schwach, daß Ihr es wagen könnt; —
Dann sag' ich Euch: Ihr werdet diesen Irrthum
Gar bald erkennen und mit Schrecken seh'n,
Daß ich der Sohn von meinem Vater bin!

(Erneuerte Acclamationen der Versammelten):

Philipp:
Man rufe nun den päpstlichen Legaten!

Walther (zu den Geistlichen):
Ehrwürd'ge Brüder; lasset Euch nicht schrecken
Von seinem Zorn und haltet fest zusammen!
Es muß das Recht der Kirche dennoch siegen,
Wenn wir nur einig und entschlossen sind!

Agnes (zu Philipp):
O, wäre diese fürchterliche Stunde
Doch schon vorbei; ich leide Todesangst!

Philipp (zu Agnes):
Laß die sich fürchten, welche Unrecht thun,
Und sei getrost; Du bist an meiner Seite!

Siebente Scene.

Der Cardinallegat **Peter von Capua** wird hereingeleitet und bleibt,
nachdem er sich flüchtig verneigte, drohend vor dem König stehen.

Philipp:
Ihr kommt von Rom, wie ich vernommen habe:
Verkündet, was Ihr mir zu melden habt!
Ich bin bereit, die Botschaft zu empfangen.

Cardinal:
König von Frankreich! Ich ward hergesendet
Vom heil'gen Vater aller Christenheit,
Den Gott auf jenen Thron gesetzt, auf welchem
Er nicht nur mit den Fürsten dieser Erde,

Nein über sie als Gottes Stellvertreter
Sitzt zu Gericht! —

(Bewegung unter den Anwesenden; gleichzeitig):

Rigord:

Das nenn' ich doch bescheiden!

Graf Raymund:

Welch' freche Sprache!

(Rufe unter den Rittern):
Unerhört!

(Rufe unter den Geistlichen):
So ist's!

Philipp:

Ihr Herr'n haltet Ruhe!

(zum Cardinal):
Redet weiter!

Cardinal (unter wachsender Aufregung):

Er trug mir diese Botschaft an Dich auf:
Nicht soll ich Dich um irgend Etwas bitten —
Ich soll von Dir begehren und Dich mahnen,
Daß Du den Pfad der Sünde, welchen Du
Betreten, alsogleich verlassen magst.
Herausgefordert hast Du oft genug
Des Himmels Zorn; doch seine Langmuth geht
Zu Ende nun; die Frist ist abgelaufen.
Kehr' um! Ich mahne Dich zum letztenmal;
Denn wenn in Deiner Sünde Du beharrst,
Dann wisse, daß Dein schuldig Haupt die Hand
Des heil'gen Vaters strafend treffen wird,
Bis Du im Staube Buße thust; — kehr' um!

(Tumult.)

Graf Raymund:

Soll man denn solches leiden?

(Rufe unter den Rittern:)
Duldet's nicht!

Graf Raymund:

Nein, duldet's nicht, Herr König!

Philipp (gebieterisch):

Still', Ihr Herr'n!

(Der Tumult legt sich.)

(Der Cardinal bleibt ruhig mit verschränkten Armen stehen, den Blick
unverwandt auf die Königin gerichtet.)

Agnes (für sich, erbebend):

Mein Blut erstarrt vor dieses Mannes Blick: —
O Gott, mein Traum! Mir dunkelt's vor den Augen!

Philipp (zum Cardinal mit erzwungener Fassung):

Ihr aber sagt in Kürze Eure Botschaft,
Und spart der Worte, welche nicht geziemen!
Was will der Papst von mir?

Cardinal:

                  Das weißt Du lange
Und dennoch stemmst Du Dich in allen Dingen
Entgegen dem Gebot des heil'gen Vaters.
O, nicht genug an Unterlassungssünden;
Auf Frevel häufst Du Frevel ohne Ende!
In Deutschland stützest Du den Hohenstaufen,
Obwohl es Dir bekannt ist, wen die Kirche
Als Kaiser anerkannte, und in Frankreich
Da leidest Du's, daß sich die Ketzerlehre
Der Albigenser ungestraft verbreitet;
Du hälst den frommen Bischof von Cambray
Gefangen, einen heil'gen Mann der Kirche.
Mit welchem Rechte wagst Du das zu thun?

Philipp:

Ich gebe Euch Bescheid auf diese Fragen;
Doch Eines sage Innocenz vor Allem:
Ich bin sein Knecht nicht, daß ich ihm gehorche!
Und das, was meines Landes Wohlfahrt heischt,
Das werd' ich thun, ob es ihm auch mißfalle;
Und deßhalb stütze ich den Hohenstaufen;
Doch was die Albigenser anbetrifft, —
Bekehre sie! Ich werde Dich nicht hindern;
Jedoch verlange nicht mein Schwert dazu.
Ich habe and're Feinde zu bekämpfen,
Als Unterthanen, welche friedlich sind.

Cardinal:

Der Himmel, welcher Dein Verderben will,
Er hat Dein Herz verstockt, daß Du nicht merkst,
Was Du für Sünde thust; wie arg Du frevelst!

Philipp:

Ich merke Eure Zwecke nur zu gut,
Und ich durchschaue Euch, das paßt Euch nicht! —
Es steht noch eine Deiner Fragen aus
Bezüglich jenes Bischofs von Cambray.
Vermelde diese Antwort d'rauf zu Rom:
Wär' jener Mann in Engelland geblieben,
Wie's ihm gebührt, auf seinem Bischoffstuhl, —
Ich hätte ihn in seinem heil'gen Amte
Gewißlich nicht gestört! Wär' er hieher
Als Priester kommen, hätt' er Messe hier
Gelesen oder auch dem Volk gepredigt,
Wie es für einen Geistlichen geziemt, —
Hätt' ich willkommen ihn geheißen; doch
Er hat sich seines Amtes selbst entkleidet,
Da er als Feind mit meinen Feinden kam,
Gerüstet, mit dem Schwerte in der Hand.
Ich habe ihn als meinen Feind gefangen
Und deshalb duldet er des Kriegers Loos,
Der seinem Sieger in die Hände fiel. —
Er wird nicht frei, zahlt er nicht Lösegeld!
Denn wer des Reiches Frieden stört, verfällt
Der Strafe, welche das Gesetz bestimmt,
Und das Gesetz macht keinen Unterschied
Ob er nun weltlich oder geistlich ist!
(Beifall unter den Rittern; Murren der Geistlichen.)

Cardinal:

Die fromme Mahnung treibt Dich nur zum Trotz,
Du bist nicht zu bekehren, weil der Hochmuth
Dein Herz verblendet hat; sonst wüßtest Du,
Daß Du bezüglich eines Geistlichen
Kein Recht besitzest; — Du, der jedes Recht
Mit Füßen trat, Du willst es jetzt noch wagen,
Dich auf Gesetze zu berufen? Du,
Der jeglichem Gesetz in's Antlitz schlug,
Das Gott und allen Menschen heilig ist?
Du, der ein König und berufen war,
Ein leuchtend Beispiel seines Volks zu wandeln
Der Tugend Pfad, Du hast das Sacrament

Der Ehe frech und unerhört verletzt.
Du, der sein angetrautes Weib verstieß,
Du, der durch falschen Eid die Geistlichkeit
Zum Mißbrauch ihrer Amtsgewalt verführte!
Daß Gottes Stellvertreter jenen Spruch
Vernichtet hat, das achtest Du für nichts! —
Geh', frage Deine klugen Räthe doch
Nach dem Gesetz, das solche That erlaubt!
Und weshalb thatest Du's? Antworte mir!
Du schweigst? Ich will es Dir in's Antlitz sagen:
Um frevelhafter Leidenschaft zu fröhnen,
Nur, daß Du leben kannst in Sündenlust
Mit Deiner beigelegten Buhlerin!

Agnes (aufschreiend):
O schirmet mich vor ihm, Ihr Engel Gottes!

    (**Philipp** fängt die wankende Agnes auf; Tumult.)

Graf Raymund (das Schwert ziehend):
Er hat die Königin geschmäht!

(Die Ritter ziehen die Schwerter und dringen auf den Cardinal ein; die
Geistlichen suchen ihn zu schützen, indem sie sich dazwischen drängen.)

Philipp (hält mit der Linken die Königin umfangen, die rechte Hand
    erhebend, mit gebieterischer Stimme):

               Nein! — Ruhe! —
Rührt ihn nicht an! Versorgt die bloßen Schwerter!
Bei meinem Zorne!
             (Der Tumult legt sich.)

Philipp (zu Agnes):
            Agnes, komm' zu Dir! —
Ihr Frauen, führt die Königin hinaus
Und steh't Ihr bei!
    (Agnes wird von ihren Frauen hinausgeleitet.)

Philipp (steigt vom Throne und wendet sich gegen den mit eiserner
    Ruhe vor ihm stehenden Cardinal):
            Ihr aber, Cardinal,
Bei meinem Gott! Wenn Ihr nicht als Gesandter
Hier vor mir ständet, war dies freche Wort
Das letzte, welches Ihr gesprochen hättet
In Eurem Leben: aber wagt es nimmer

Und hütet Euch, mit einem Hauche nur
Mein engelreines Weib zu schmäh'n; denn sonst
Vergäß' ich leicht, das Ihr als Bote nur
Hier vor mir steh't! — Doch sagt dem Papst zu Rom:
Nach Recht und nach Gesetz sei meine Ehe
Mit Ingeburg gelöst, nach Recht und nach Gesetz
Sei Agnes von Meran nun meine Frau;
Und wenn es hundert Päpsten nicht gefiele,
Sie soll es bleiben; dieses schwör' ich Euch! —
— Und sagt ihm auch, daß ich ein König bin,
Daß Könige n u r e i n e n Richter haben,
Und der sei n i ch t auf Erden, n i ch t in Rom! —
Dies mein Bescheid! Nun aber sputet Euch,
Dorthin zu kommen, wo Ihr hergekommen,
Sonst könnt' ich thun, was mich und Euch gereute!
D'rum eilt! Trifft man Euch in acht Tagen noch
In meinem Land, dann seid Ihr vogelfrei!

(Tumult.)

Walther:
Welch' neuer Frevel!
Die Geistlichen:
Wehe!
Die Ritter:
Heil dem König!
Cardinal (mit mächtiger Ruhe):

Ich fürchte weder Dich, noch Deine Ritter!
Und gehe n i ch t, bis ich mein Amt vollbringe:
Denn deiner Sünden Maaß ist übervoll. —
Kraft meiner Vollmacht sei dein ganzes Reich
Verflucht, solange Du nicht Buße thust!
Und Euch, Ihr Priester, Euch gebiete ich,
Daß Ihr den Bann vollstreckt!

Philipp (drohend gegen die Geistlichen):

Ihr werdet's n i ch t;
Denn Jeden, der sich dessen unterfängt,
Den jage ich, des Landes Herr, vom Amte!
Die Geistlichen:
Weh! Wehe uns!

Cardinal :

               Sie müssen Gott gehorchen!
Wenn Einer dem Befehle widerstrebt,
Den stoß' ich aus der heiligen Gemeinschaft
Der Priester aus; — doch Du erzitt're König!
Du wendest nimmer ab die Hand des Herrn.
Weh' Dir und wehe Deinen Unterthanen!
Verflucht sei der, der Dir noch jetzt gehorcht!
Gesegnet sei, wer Frankreich Uebles thut!
Gespendet soll kein Sacrament mehr werden,
Kein Gotteshaus sich öffnen Deinem Volk,
Kein christliches Begräbniß sei gewährt,
So lang in Deiner Sünde Du beharrst!
Und früher nicht, als bis Du Dich im Staube
Gebeugt vor Gott und reuig Buße thust,
Sei dieser Bann gelöst!

(Sensationelle Bestürzung; der Cardinal, von den Geistlichen umringt,
       wendet sich zum Gehen) :

               Nun gehe ich —
Mein Auftrag ist zu Ende; weh' Euch Allen!

            Der Vorhang fällt.

Fünfter Act.

Cabinet der Königin; an der einen Seitenwand ein
Crucifix mit davorstehendem Betschemel.

Erste Scene.

Agnes; Rigord.

Agnes:
Sagt mir die Wahrheit; ich beschwöre Euch!
Der König, mein Gemal, verhehlt mir Alles,
Was das betrifft, und wenn ich ihn befrage,
Dann sucht er liebevoll mit Zärtlichkeit
Mir auszuweichen, spricht, er habe Hoffnung,
Daß unsre Ehe endlich anerkannt
Vom Papste werde; dennoch merke ich,
Daß seine Seele mit Entschlüssen ringt,
Und wie er's auch vor mir verbergen will,
Ich sehe dennoch, daß er mehr und mehr
Von Tag zu Tag in einen Gram versinkt,
Der seiner Kräfte bestes Mark verzehrt. —
Ich habe Euch deshalb zu mir beschieden;
Nun saget mir, ist eine Aussicht noch
Vorhanden, daß der Streit ein Ende nehme?
Rigord:
Es ist kein Ende davon abzuseh'n,
Als Eines, das mich rasend machen könnte.
Ich sah die Netze, die sie ihm gewoben,
Und warnte ihn, jedoch er hörte nicht.
Nun ist's zu spät; er geht daran zu Grunde!
Sie haben rings das edle Wild umstellt
Und brauchen es nur in den Tod zu hetzen!

Agnes:

Ihr spannt mich auf die Folter Rigord; redet!
Um Christi willen sagt mir Alles, Alles!

Rigord:

Was soll ich Euch entgegnen, was erwidern?
Ihr habt es ja doch selbst mit angeseh'n! —
Die Geistlichkeit vollzieht das Interdict;
Der König wüthete und suchte Jeden,
Der sich deß' unterfing, vom Amt zu jagen; —
Was nützt der Trotz, wenn nicht die Kräfte reichen?
Es greift ja doch um sich wie eine Pest;
Denn scheinbar ist das Recht auf ihrer Seite. —
Acht Monate schon währt die Schreckenszeit;
Die Kirchen sind gesperrt; die Sacramente
Verweigern sie den Lebenden, und selbst
Den Todten jedes christliche Begräbniß!

Agnes:

Und mir gibt man die Schuld!

Rigord:

                              So spricht
Der Wahn, jedoch der Wahn regiert die Welt,
Und blindlings folgt dem Wahn die blöde Menge;
Und aufgestachelt von der Geistlichkeit
Beginnen sie zu murren; denn sie leiden
Für ihres Königs Sünde, wie sie meinen.

Agnes:

O Elend, Elend, unermeßlich Elend!
Wenn sie mich sonst erblickten, jauchzten sie
Mir froh entgegen; doch nun scheuen sie
Vor mir zurück und weichen hastig aus.
Ich wag' es nimmer, mich dem Volk zu zeigen;
Von jedem Antlitz lese ich den Vorwurf,
Ich sei an allem Unglück schuld; o Gott,
Wann endet diese fürchterliche Zeit?

Rigord:

Es kann nicht lange währen; doch ich fürchte,
Das Ende wird des Reiches Ende sein! —
Im Inner'n Zwietracht und von außen Feinde,
Dem König an den Hals gehetzt von Rom:

Von Deutschland und von England ziehen Heere
Verderbenschwanger gegen unf're Grenzen,
Indeß' bei uns das dräuende Gespenst
Des Bürgerkrieg's das blut'ge Haupt erhebt! —
Der König kann sich nimmermehr verhehlen,
Daß es auf diese Art nicht weiter geht.

Agnes:

Und was gedenket mein Gemal zu thun?

Rigord:

Er hat die Reichsversammlung einberufen,
Um Rath's zu pflegen; doch was wird das nützen?

Agnes:

Sagt mir, wann findet die Versammlung statt?

Rigord:

Noch heute: wenn Ihr aus dem Fenster blickt,
So könnt Ihr all' die Herren kommen seh'n; —
Jedoch das ändert an der Sache nichts!
Wenn nicht das Reich zu Grunde gehen soll,
So muß das Land vom Bann gelöset werden;
Denn die Gefahr sie wächst mit jeder Stunde.
Zwei Wege bleiben jetzt dem König nur,
Die gleich verderblich sind; entweder fügt
Er sich dem Willen Roms, nimmt Ingeburg
Zu sich und meidet Euch; das ist der Eine! —
Und diesen will der König nicht betreten,
Denn seine ganze Seele hängt an Euch.
Dann bleibt nur noch die eine Möglichkeit,
Und diese ist, daß er mit schweren Opfern
Die päpstliche Bewilligung erkaufe.
In jedem Fall wird seine Kraft gebrochen;
Dem Adler werden sie die Schwingen knicken,
Daß er zu keinem Fluge mehr sich hebt! —
Mein stolzer König, ein Vasall von Rom!
Es ist, um sich die Haare auszuraufen;
Ein solcher Mann, wie ihn Jahrhunderte
Ein einzigmal gebären, solch' ein Ende!

Agnes:

Um der Barmherzigkeit des Himmels willen,
Helft mir, Rigord! Bewahret ihn davor!

Ich liebe ihn, wie niemals noch ein Weib
Den Gatten je geliebt; doch seine Zukunft,
Sie darf nicht meiner Liebe Opfer sein,
Und gälte es auch meines Lebens Preis!
Ich könnt' es nicht ertragen, sähe ich
Sein stolzes Haupt gebeugt! O, rettet ihn! —
Man nennt Euch klug; wißt Ihr denn keinen Rath?

Rigord:

Sein Edelmuth, das ist sein Untergang!
Ich wußte einen Weg, um ihn zu retten,
Und hätt' er damals meinem Rath gefolgt,
So wär' ihm all' das Leid erspart geblieben!
Nun geht es schwerer; doch es ginge noch,
Wenn man ihn nur dazu bewegen könnte! —
Vielleicht vermöchtet Ihr's!

Agnes:

             O redet, sprecht!
Ich will's, wenn ich's vermag; was könnt' ich thun?

Rigord:

Ich zeige Euch den Weg; nun hört mich an:
Da Ingeburg am Leben ist, so hat
Der König wider das Gesetz gefehlt,
Als er die zweite Ehe ohne Willen
Des Papstes schloß; doch anders stünd' es heute,
Wenn Ingeburg bereits gestorben wäre. —
Was ließ er sie denn nicht schon früher sterben?
Wozu der gottverdammte Edelmuth?
Es mußte ja nicht mit Gewalt gescheh'n. —

         (Eine Phiole hervorziehend):
Wenn man zum Beispiel nur mit einem Tropfen
Vom Inhalt dieses Fläschchens nur die Lippe
Von Jemandem benetzt, der wird gewiß
Gar bald in einen tiefen Schlaf verfallen,
Aus dem er nie erwacht!

Agnes:

            Gebt mir das Gift!

Rigord:

Ihr sollt es haben, doch mit der Bedingung,
Daß Ihr's zum Heil des Königs nützen wollt.

         (Ueberreicht die Phiole):

Die eine Kammerfrau von Ingeburg,
Christina, wird sich leicht gebrauchen lassen
Zu Eurem Zweck; sie ist ein eitles Weib,
Und wenn Ihr Gold und Ehren ihr versprecht,
So kann's nicht fehlen; d'rum beredet sie
Zu dieser That; gefährlich ist es nicht:
Denn da die Wirkung erst nach einer Zeit
Erfolgt und sich auf gleiche Weise äußert
Wie die Natur, wenn jäh des Menschen Blut
Zum Herzen dringt in Folge irgend einer
Gewaltigen Bewegung des Gemüths, —
So halten selbst die Aerzte solchen Tod
Für eine Sache, die natürlich scheint.

Agnes:
Und Eure Klugheit weiß kein and'res Mittel
Als Gift und Mord?

Rigord (dringend):
       Es wird geschehen müssen,
Wenn Ihr Euch selbst, wenn Ihr des Gatten Liebe
Bewahren wollt, wenn des Gemales Zukunft
Euch Etwas gilt, die arg gefährdet ist!
Soll er, der größte aller Könige,
Die jemals Frankreichs Scepter führten, also
Mit Schmach beenden seine stolze Bahn
Und eines Weibes wegen untergeh'n?
Und wie — verzeihe Eure Hoheit mir
Das Wort — wenn er Euch diese Opfer brächte,
Und wenn dann seine Neigung schwinden würde; —
— Denn Liebe währt bei keinem Manne ewig —
Wie würde ihn das Opfer dann gereu'n!

Agnes:
O quält mich nicht mit solchen Schreckensbildern;
Helft mir's verhüten!

Rigord:
       Ei, ich kann es nicht!
Nur Ihr vermögt's: nur Euch kann das gelingen,
Weil Euch des Königs Liebe angehört.

Agnes:
Was müßt' ich thun?

Rigord:

              Beredet ihn zuerst,
Daß er zum Schein dem päpstlichen Gebot
Sich fügen möge, Ingeburg als Gattin
Erkenne; — also thut er dem Gesetz
Genug; es wird das Interdict behoben.
Ist so der böse Zwist bei uns beendet,
So werden auch, wie Spreu im Wind, die Feinde
Zerstieben, welche uns von außen droh'n. —
Laßt Wochen oder Monde dann verstreichen,
Indessen sucht Christina zu gewinnen,
Die Kammerfrau von Ingeburg: dann mag
Die Dänin sterben: ungestört von ihr
Und auch vom Papst, erfreut Euch dann der Liebe
Des Gatten, dessen Zukunft Ihr gerettet.

Agnes:

Vor diesem Mittel schaudert meine Seele! —
Ich kann es nicht!

Rigord:

              Ihr müßt es dennoch thun!
Was liegt denn auch am Leben eines Weibes,
Wenn eines Königs, eines Reiches Zukunft
Am Spiele steht! Erwäget nur die Folgen!
So lang Ihr lebt, fügt sich der König nicht,
Und dann entsteht im Lande Bürgerkrieg. —
Wenn Ihr's nicht thut, so ladet Ihr die Schuld
Von allem Blut, das dann vergossen wird,
Auf Euer Haupt, und tausende von Müttern,
Die ihren Sohn verlieren, tausende
Von Waisen, die den Vater dann beweinen,
Euch werden sie als ihres Unglücks Quelle
Verfluchen — und mit Recht: Ihr konntet's hindern!

Agnes:

Es ist entsetzlich! O erbarme sich
Der Himmel mein! Ich finde keinen Weg
Aus dieser schreckensvollen Nacht des Leides!

Rigord:

Der Weg ist offen!

Agnes :

Drängt mich jetzt nicht weiter
Dem Abgrund zu ! Ich kann es noch nicht fassen !
— Hab' ich ja doch, so lang' ich lebe, Böses
Noch Niemandem gethan ! —

Rigord :

Entschließt Euch nur !

Agnes :

Nicht jetzt; ich will Euch morgen rufen lassen ;
Ja, morgen, hört Ihr ? — Doch verlaßt mich jetzt !

Rigord :

Wie Ihr befehlt !

(sich verneigend, im Abgeh'n) :

Sie wird es dennoch thun !

(Ab.)

Agnes (allein) :

Verzweiflung rings, wohin ich blicken mag !
Ich bin ein Hinderniß auf seinem Wege,
Wenn ich nicht morden kann ; o wehe mir ! —
Und ohne seine Liebe leben, wäre
Mir mehr als Tod ; — auch das vermag ich nicht !
Was soll ich thun ? Wohin soll ich mich wenden,
Wenn aller Menschen Rath zu Ende ist ?

(Bedeckt das Antlitz mit den Händen ; wie sie dann wieder aufschaut,
erblickt sie das Crucifix) :

Was klage ich ? Dein Auge sieht mein Leid,
Du Tröster der Betrübten, der Verzagten !

(Sie kniet nieder) :

Zu deinen Füßen will ich niedersinken,
Du Mittler göttlicher Barmherzigkeit.
Du hörtest oft die heißen Dankgebete
Der Glücklichen ; wenn die Verzweifelnde
Nun zu Dir ruft, wirst Du sie nicht verlassen !
Erbarm' Dich mein ! Bewahre mich vor Sünde,
Du großer, gnadenreicher Gott der Liebe !

(langsam) :

Der Du ein sühnend Opfer uns'rer Schuld
Den bitt'ren Kreuzestod erlitten hast —

(hastige Bewegung) :

Ein sühnend Opfer ? Ja, Du hörtest mich :

Es weicht die Nacht dem Lichte Deiner Gnade;
Du leitest mich, mein Gott! — Ich will gehorchen!

(Sie ist langsam mit erhobenen Armen aufgestanden und wendet sich
zum Gehen.)

(Der Zwischenvorhang fällt.)

(Verwandlung.)

Zweite Scene.

Ein Saal des königlichen Schlosses; Thron in der
Mitte;

(Reichsversammlung.)

**König Philipp: Erzbischof Wilhelm: Bischof Walther:
Thibeau de Garlande; Graf Raymund von Toulouse; Rigord;
Bischöfe und Aebte; Barone und Ritter.**

Philipp (auf dem Throne):
Des Volkes Wohl und meiner Krone Pflicht
Gebieten mir, daß ich mit Euch berathe,
Bevor ich weitere Entschlüsse fasse.
Wie dieser böse Streit entstanden ist,
Das wißt Ihr selbst: daß ich die zweite Ehe
Erst dann geschlossen, als die Geistlichkeit
Die erste nichtig hieß, ist Euch bekannt.
Und was dann nach Verlauf von dreien Jahren
Der neue Papst gethan: wie er mein Volk,
Das schuldlos an dem ganzen Streite ist,
Mit Bann belegte: wie dieselben Priester,
Die meinen ersten Ehebund gelöst,
Ihm beigestanden, ihres heil'gen Amtes
Vergessend, Fluch und Zwietracht rings verbreiten, —
Auch dieses kann Euch nicht verborgen sein.
Ihr Priester seid an allen Unglück schuld! —
Ich sollte als Empörer Euch behandeln,
Ihr hättet's anders wahrlich nicht verdient!
Denn ist es nicht des Priesters erste Pflicht,
Daß er, ein Mittler der Barmherzigkeit,
Die Sacramente spende, den Betrübten

Ein Tröster sei und seines Amtes walte,
Versöhnend, segnend, Frieden rings verbreitend?
Doch Ihr verhöhnt den heiligen Beruf
Und breitet Fluch statt Segen rings im Lande!
Ihr seid nicht Bürger dieses Reiches mehr,
Ihr seid nicht Priester mehr! Ihr seid Empörer!
Ich hätte zwar die Macht Euch zu bezwingen,
Doch weil des Volkes Leid mir nahe geht,
Will ich Euch einmal noch in Güte mahnen,
An Eure Priester=, Eure Bürgerpflichten.
Ich ford're nur Gerechtigkeit von Euch!
Noch ist es Zeit für Euch, zurückzukehren;
Erwägt's, eh' Ihr zum Aeußersten mich treibt!

Walther:
Da Ihr uns reden heißt, so will ich reden,
Und möge Gottes Gnade mich erleuchten,
Damit Ihr Euer Unrecht anerkennt.
Wenn Ihr den Namen der Gerechtigkeit
Im Munde führt, so übt sie selbst zuvor!
Wenn Ihr an Pflichten uns gemahnen wollt,
So übt erst Eure Pflicht; dann werdet Ihr
In unsren Pflichten uns nicht lässig finden!
Wer Unrecht thut, weil er die Macht zu haben
Vermeint, um es zu thun, übt zweifach Unrecht;
Und wenn's ein König ist, der Sünde thut,
So wird durch ihn die Sünde nicht geadelt,
Doch doppelt er durch solche Schuld entehrt,
Weil er ein König ist! — O, gnäd'ger Herr,
Ich weiß es wohl, daß Euch der Wahrheit Stimme
Nun rauh und ungewohnt erklingen mag;
Man hört sie selten an des Thrones Stufen;
Jedoch bedenkt, ob Ihr nicht Unrecht thatet,
Als Ihr die arme Ingeburg verstoßen,
Die Euch getraut und Eure Gattin war! —

Philipp:
Sie war mir wohl getraut, doch nie mein Weib!
Ich hatte ihren Leib noch nicht berührt;
Sie war mir fremd und ist mir fremd geblieben.
Und hat nicht meines Landes Geistlichkeit

Erkannt, daß dieses Bündniß nichtig sei,
Weil Eheschließung zwischen Anverwandten
Verboten ist?

Walther:

        Doch die Verwandtschaft wurde
Von Eurer Braut bestritten, und bewiesen
Ward es von Abgesandten Dänemarks
In Rom, daß die Verwandtschaft nicht besteht.

Philipp:

Doch, sie besteht! Und wenn sie nicht bestünde,
Was kümmert's Euch? Und was den Bischof Roms?
Habt Ihr deshalb ein Recht, die Sacramente
Dem Volk zu weigern; kann mein Volk dafür?

Wilhelm:

Wie Leib und Seele, so sind Volk und König
Nur Eins; es büßt das Land des Herrschers Sünden!
D'rum hat der heil'ge Vater Recht gethan
Und übt nicht mehr als seines Amtes Pflicht,
Daß er sich der Verlassenen erbarmte:
Daß er der Priester übereilten Spruch
Vernichtete und Euch in Güte mahnte,
Als Frau die Angetraute zu erkennen,
So lang die Wahrheit nicht ergründet sei.
Doch Ihr, von böser Leidenschaft verblendet,
Verhöhntet ihn und nahmt ein and'res Weib.
So ist's gescheh'n; nun aber steht geschrieben:
„Dem König gebet, was des Königs ist,
Doch Gott, was Gottes ist." Wir gaben Euch,
Was Euer war, stets willig, ohne Murren:
Doch wenn Ihr göttliches Gebot verletzt
Und meint, wir müßten Euch behilflich sein,
Damit Ihr's ungestraft verletzen könnt:
Dann müssen wir dem Stellvertreter Gottes
Auf Erden, welcher Euch zur Buße mahnt,
Als Priester und als Christen mehr gehorchen,
Denn einem König, welcher Sünde thut!
Ihr aber habt uns das nicht leicht gemacht:
Ihr jagtet uns vom Amte: Ihr verfolgt uns!
Jedoch wir leiden für die gute Sache,

Und alle Eure Macht, sie kann's nicht hindern,
Das schließlich doch die Wahrheit triumphirt!

Philipp:
Spar't Eure Worte; ich durchschaue Euch,
Ihr schlangenklugen Heuchler! Ihr gebraucht
Den Namen Gottes nur als Manteldecke!
Gilt nicht für mich, was meinem Vater galt,
Und wurde meines Vaters erste Ehe
Auf gleiche Weise, wie die meine, nicht
Von Euch gelöst?

Walther:
          Doch Eures Vaters Scheidung
Die ward vom Papst gesetzlich anerkannt;
— Das war ein and'rer Fall.
(Zustimmung unter den Baronen und Geistlichen, vereinzelte Rufe):
          Gewiß! So ist's!

Philipp (aufgeregt):
So? Wenn's dem Papst beliebt, dann kann das Recht
Zur Sünde werden? Eine Missethat
Ein gottgefällig Werk, wenn sie der Papst
Dafür erklärt? Was meinem Vater galt,
Gilt nicht für mich, weil es dem Papst mißfällt?
    (Sich gegen seinen Oheim Erzbischof Wilhelm wendend.)
Und meine Ehescheidung, welche Ihr
Und siebzehn Bischöfe mit Euch, vollzogen
Nach Recht und nach Gesetz, wie Ihr gesagt,
Sie war ein Possenspiel? — So redet doch,
Mein Oheim Wilhelm! Sagt doch g'rad heraus,
Es sei nur eine Comödie gewesen,
Weil es der Papst als Possenspiel erklärt!
          (Mit dem Fuße stampfend.)
So redet doch, in Teufelsnamen, redet!

Wilhelm (außer Fassung):
O, Gott beschütze uns! Ihr frevelt Herr! —
Wenn Euch der Himmel nur erleuchten wollte,
Damit Ihr einsäht, daß Ihr Unrecht thut
Und Euren alten Oheim schmählich kränkt!
Mein König, mein geliebter Neffe, wacht
Doch auf aus Eurer bösen Leidenschaft!
Ich irrte damals; irren ist ja menschlich;

Hatt' ich das Urtheil doch in gutem Glauben
Gefällt, daß die Verwandtschaft richtig sei.
Wie konnt' ich wissen, daß es anders wäre?

Philipp:

Ihr wußtet's nicht? Und fälltet doch den Spruch,
Und nahmet keine Rücksicht auf die Folgen?
O, der Entschuldigung: Ich wußt' es nicht!
Es ist um Eure grauen Haare schade,
Mein Ohm! Ihr seid ein Geck! Ein alter Narr!
Doch Eures Amts Genossen sind Empörer,
Die Schergen Roms! Doch wagt es nur zu trotzen!
Ich war bisher zu mild; — doch reizt mich nur!
Ich werde Euch schon noch Gehorsam lehren,
Und müßt' ich alle Galgen meines Landes
Voll Kutten hängen! O, wir wollen seh'n! —

Thibeau de Garlande:

Herr, Herr, Ihr geht zu weit! Ihr seid im Zorne!
Ich bitte Euch, erwäget doch in Ruhe
Und ohne Leidenschaft: dann müßt Ihr selbst
Erkennen, daß es anders werden muß.
Was würdet Ihr mit Eurem Trotz erzielen,
Als neues Leiden für das arme Volk,
Das durch neun Monate bereits die Schrecken
Des Interdictes Euretwegen trägt?
Wenn nicht das Reich zu Grunde gehen soll,
So ist es nöthig, daß Ihr Sorge tragt,
Damit der böse Streit geendet werde.
Ein Land, in dessen Inner'm Zwietracht wüthet,
Ist preisgegeben auch den äußern Feinden.
Schon heben alle sie das Haupt empor
Und sammeln sich zu unsrem Untergang;
Nie war das Reich in größerer Gefahr!
Wer hindert sie, wenn wir uns selbst bekriegen?
Bedenkt es, Herr; wir müssen einig sein!
Versöhnt Euch mit dem Papst, erbarmet Euch
Der Unterthanen, welche schuldlos leiden!

(Die Barone und Geistlichen bestürmen den König mit Bitten;
einzelne Rufe):

Ja, thut es Herr! Versöhnt Euch mit dem Papste!

Philipp:

Ihr auch, Thibeau? Und Ihr Barone Alle?
Habt Ihr Euch Alle wider mich verschworen? —
Wie glücklich war doch Saladin, der Heide,
Der hatte keinen Papst, doch treue Diener!

Graf Raymund:

Herr, wenn Ihr mir ein Wort vergönnen wollt,
Traut denen nicht, die sind es nie gewesen!
Dem Papst und diesen ist der ganze Streit
Ein Vorwand nur, um Eure Macht zu brechen.
Sie möchten, daß der König ihnen folge,
Sie möchten über dem Gesetze steh'n! —
Ich und die ganze Ritterschaft des Landes,
Wir fassen uns're Pflichten anders auf;
Wir steh'n zu Euch, geschehe was da wolle!

Thibeau:

Ihr seid mir noch zu jung, mein werther Graf,
Als daß Ihr mich zum Zorne reizen könntet!
Ob ich dem Reich ein treuer Diener war,
Das mögen diese Narben mir bezeugen:
Das waren Wunden, welche bluteten,
Die ich für meines Vaterlandes Ehre
Empfangen hatte, als die Amme Euch
Noch auf dem Arme trug, Graf von Toulouse!
In jener Zeit, da pflegten wir das Alter
Zu ehren und der Greise Rath zu hören.
Nun ist es anders; Greise heißen Narren,
Und junge Sausewinde kluge Leute!
Denn auf der hohen Schule zu Paris
Da lernt die Jugend nun Philosophie,
Und wie man die Erfahrung, die Verdienste
Verschwärzen muß, und wie man einem Gegner,
Der für die Wahrheit in die Schranken tritt,
Gleich Eigennutz und Absicht unterschiebe,
Um so die Wahrheit hinterrücks zu meucheln. —
— O Herr, wie übel seid Ihr doch berathen,
Sie leiten Euch zu Eurem Untergang!
Erwägt es, eh' Ihr ihnen weiter folgt;

Sonst muß das Reich dabei zu Grunde geh'n! —
O wehe Du, mein armes Vaterland!

Philipp:

Ihr meint es ehrlich: doch was soll ich thun?
Wohl möcht ich meines Volkes Leiden enden,
Doch kann ich nicht dem Papst zu Willen sein:
Denn Agnes ist mein heißgeliebtes Weib,
Mein eigen Blut, die Seele meiner Seele!

Thibeau:

Thut, was Ihr wollt, jedoch bedenkt das Eine:
Der König hat nicht Rechte blos, auch Pflichten!
Des Volkes Wohl ist seine erste Pflicht!
Und eh' Ihr Agnes noch zur Frau genommen,
Ward Euch zu Rheims die Krone angetraut;
Und damals habt Ihr's feierlich beschworen,
Des Reiches und des Volkes Wohl zu wahren,
Das Euretwegen nun im Elend liegt.
Vollbringt es, wie Ihr wollt, nur schaffet Rath,
Damit das Land vom Bann gelöset werde!

Philipp:

Ihr wißt nicht, was Ihr für ein schweres Opfer
Von mir verlangt; es bräche mir das Herz;
Die Hälfte meines Reichs verlör' ich lieber,
Als mich von Agnes trennen.

Wilhelm:

                Theurer Neffe,
Beharrt nicht mehr in Eurer Leidenschaft!
Ihr liebt die Frau, die Ihr aus Liebe wähltet;
Es fällt Euch schwer, und ich begreife das:
Jedoch ich kenne Euer edles Herz;
O, folgt der innern Stimme, die Euch sagt,
Daß für des Vaterlandes Wohl dem König
Kein Opfer allzugroß erscheinen darf!

Thibeau:

Erwägt die Lage und des Reiches Noth,
Erbarmet Euch der Leiden Eures Volkes!

Walther:

Versöhnt Euch mit dem heil'gen Vater, der
Doch nur Gerechtigkeit von Euch verlangt!

Thibeau:

Und gebet erst dem Reich den innern Frieden,
Dann sollen äuß're Feinde uns nicht schrecken!

(Zustimmung unter den Geistlichen und Baronen; dieselben umdrängen
den König und bestürmen ihn mit Bitten; einzelne Rufe):

O, thut es, Herr!

Thibeau:
Der Unterthanen Liebe,
Des Landes Ruhm und Wohlfahrt lohnt es Euch!

Philipp (hat während sie ihn mit bittenden Geberden umdrängen,
in innerem Seelenkampfe die Hand vor die Stirne gepreßt; für sich):

O Last der Krone, die mein Herz zerdrückt;
Sie brennt mir auf der Stirn!

Dritte Scene.

Vorige: Agnes in Begleitung eines Pagen.

(Agnes ist während der letzten Scene eingetreten und steht plötzlich
vor dem König, mitten unter den den König umdrängenden Baronen
und Geistlichen; es entsteht in Folge dessen eine plötzliche Stille; der
König läßt die Hände vom Antlitz sinken und sieht, wie er aufblickt,
Agnes vor sich steh'n.)

Philipp aufstehend und ihr die Arme entgegenbreitend):
Mein armes Weib!

Walther:
Was will die hier?

Thibeau:
Es ziemt sich nicht, daß Frauen
Zugegen sind bei einer Reichsversammlung!

(Der König schickt sich an, vom Throne zu Agnes herabzusteigen.)

Agnes (einen Schritt zurückweichend, abwehrend):
Nicht auf dem Thron und nicht an Deiner Seite;
Laß' mich hier unten steh'n an seinen Stufen!
Verzeihe, mein Gemal, verzeiht Ihr Herrn,
Daß ich, die angeborne Schüchternheit
Des Weibes niederzwingend hier erscheine! —
Ich weiß, worüber hier berathen wird;
Die Liebe zu dem Gatten führt mich her,
Die Ihr mir nehmen wollt; — o, seid gerecht! —
Wenn Euere Gesetze selbst dem Mörder

Gehör verstatten, eh' das Urtheil fällt;
So hört auch mich, bevor Ihr Euch entscheidet:
Bevor Ihr Alles, was mir theuer war,
Mir rauben wollt!

Philipp: Ich will Dich so nicht seh'n!

(Agnes macht mit den Händen eine abwehrende Bewegung; kurze
Pause.

    Thibeau (zu Agnes):
Es gibt kein andres als dies harte Mittel! —
Was soll die Klage Eurer Hoheit nützen,
Als daß Ihr Euch und auch dem Könige
Das Unvermeidliche nur noch erschwert? —
Das Reich ist in Gefahr; das Einzelwohl
Muß sich dem Wohl des Ganzen unterordnen!

    Walther (zu Agnes):
Ihr haltet die Gerechtigkeit nicht auf;
Ihr hättet, eh' Ihr Euch dem Könige
Als Frau ergeben, es bedenken sollen,
Daß er bereits vermält mit Ingeburg,
Gewesen ist, die ält're Recht hat!

    Agnes:
Bedenken sollen? O, Ihr harten Männer
Ermeßt es nicht, was uns die Liebe ist!
Ich dachte nie, bevor ich ihn geliebt:
Mit seiner Liebe erst begann mein Denken!

    Walther:
Doch wenn Ihr's nicht bedacht, dann fehltet Ihr
Und müßt die Folgen Eures Fehlers tragen!

    Thibeau:
O edle Frau, mich jammert Eure Noth.
Ihr habt dem Lande Gutes nur gethan!

    Raymund:
Das müßt' ihr auch der ärgste Feind bezeugen!

    Thibeau (zu Agnes):
Laßt mich im Namen unsres Vaterlands
Ein Opfer fordern für das Wohl des Königs,
So groß, wie es nur Liebe bringen kann.
Ihr werdet es vermögen, Ihr seid edel!
Setzt Eurem Edelsinn die Krone auf,

Verzichtet selbst, bedenkt des Landes Noth,
Und werdet dieses Reiches guter Engel!

Walther:

Verschließt Euch doch der beff'ren Einsicht nicht —
Und wenn Ihr wider Willen mochtet fehlen,
So räumt den Platz, der Euch nicht zugehört.
Der König ist nach Recht und nach Gesetz
Der Gatte Ingeburg's und nicht der Eure!

Agnes:

Sie hat ihn nie geliebt! Ich liebe ihn,
So lang ich denken kann! O, seid barmherzig!
Ich bin ein Weib und kannte kein Gesetz,
Als Eines, welches Gott in's Herz mir legte,
Und dieses Einzige war meine Liebe! —
Und wenn der Herr am Ende aller Tage
Die Lebenden und Todten richten wird,
Und der Posaune Donnerklang dann mich
Vor den gerechten, strengen Richter ruft,
Wo jeglicher Gedanke meines Lebens
Gewogen wird und jede Schuld gezählt:
Dann wird der Gott, der mich zum Weibe schuf,
Barmherzig richten eines Weibes Liebe
Und rechnet mir die Liebe nicht zur Schuld! —
O, seid auch Ihr barmherzig! Fordert Alles
Von mir, nur dieses eine Opfer nicht!
                                      (Pause.)

Graf Raymund:

Noch niemals sah die Sonne solchen Jammer!

Agnes (flehend):

Hab' ich gefehlt, so laßt mich Buße thun!
Und meint Ihr, daß der Krone Glanz mich blendet,
So nehmet all' den eitlen Prunk von mir,
Die köstlichen Gewänder, die Geschmeide —
Nehmt Alles mir und gebt es Ingeburg;
Macht mich zu dieses Reiches ärmster Magd —
Nur Eines laßt mir! Laßt mir meinen Gatten!

(Pause; der König der bisher mit innerem Seelenkampfe zugehört,
erhebt sich vom Throne und steigt, während Agnes die folgenden
Worte spricht zu ihr nieder; die Anwesenden haben sich theilweise
abgewendet und verharren in dumpfem Schweigen; alle sichtbar bewegt.)

Agnes (fortfahrend):

Doch ist auch dies dem Papste nicht genug,
Dann leget mir die strengste Sühne auf,
Die menschenmöglich ist: nehmt alles mir,
Was selbst der Bettler noch sein Eigen nennt:
Die Freiheit und der gold'nen Sonne Schein.
Werft mich in eines Kerkers dunkle Nacht,
Beraubt mich des Gebrauches meiner Glieder,
Der Sprache mich; — nehmt meiner Augen Licht! —

(mit zitternder Stimme):

Nur Eines laßt mir! Laßt mir seine Liebe!

Philipp (umfängt Agnes mit der Linten, die Rechte empor-
hebend):

Sie sind nicht werth, daß sie den Schuh Dir lösen!
Agnes, mein theures Weib, noch bist Du mein!

(führt Agnes mit sich auf den Thron):

Auf diesem Throne, an diesem Herzen,
Das ist Dein Dir von Gott bestimmter Platz;
Weh' dem, der Dir ihn jetzt noch weigern wollte!

Walther:

Bedenkt doch, Herr!

Philipp:

Bei meinem Zorne, schweigt!
Die Steine konnten ihre Bitte rühren,
Nur Eure harten Priesterherzen nicht. —
Ich weiß nun selbst, was ich beginnen muß!
Bin ich der Herr? Seid Ihr die Unterthanen?
Verlaßt mich! Bleibt im Vorgemach versammelt!
Erwartet meine weiteren Befehle!

Graf Raymund:

Heil sei dem König!

(Acclamation unter den Rittern; Murren unter den Baronen und
Geistlichen; die Versammelten schicken sich an, die Scene zu verlassen;
im Abgeh'n)

Walther:

Solch' ein König ist
Nicht werth, daß er die Krone länger trage!

Thibean:

Wenn er des Reiches Wohl noch jetzt gefährdet,
Erklär' ich mich von allen Pflichten los!

Zustimmung.

Philipp (den Abgehenden nachrufend):
Rigord Du bleibst! Graf von Toulouse, Ihr auch!

(Diese Beiden kehren zurück; die Anderen alle ab; Agnes ist vom
Throne herabgestiegen und steht seitwärts, ihr Antlitz mit den Händen
bedeckend.)

Rigord (zu Philipp):
Was denkt Ihr zu beginnen, Herr?

Philipp:
                              Du wirst
Das bald genug erfahren; geh' vor Allem,
Ruf mir Clairmont, den Hauptmann meiner Garden.

(Rigord kopfschüttelnd ab).

Philipp (zu Raymund):
Graf von Toulouse, ich weiß, ich kann auf Euch
Und auf die Ritterschaft des Landes zählen.

Raymund:
Herr, fordert unser Leben, wie ein Mann
So steh'n wir insgesammt zu Euch

Philipp:
                              Und danken
Will ich es Jedem, der mich nicht verläßt:
Denn niemals hat ich Freunde, treue Diener
Mehr nöthig als in diesem Augenblick!

Vierte Scene.

Hauptmann Clairmont tritt ein, gefolgt von **Rigord**: Letzterer
geht auf die seitwärts stehende **Agnes** zu.

(Clairmont, sich vor dem König verneigend, erwartet dessen
Befehle.)

Philipp:
Clairmont, Du warst bisher von meinen Dienern
Der Treusten Einer?!

Clairmont:
                    Mit Verlaub, mein König,
Ich denke das auch fernerhin zu bleiben.

Philipp:

Die Stunde naht, wo Du's beweisen kannst; ––
Wie viel an Truppen haben wir zur Hand;

(Clairmont überlegt einen Augenblick; indessen)

Rigord (zur Königin):

Mir ahnte es! Er schreitet zur Gewalt!

Clairmont (zum König):

Ja, das ist Alles, was zu rechnen wäre:
Bei Hof die ganzen königlichen Garden,
Und außerdem von Söldnern in der Stadt
Zwei Fähnlein Fußvolk, ein Geschwader Reiter
Und hundertfünfzig Bogenschützen; macht
Zusammen an die siebenhundert Mann. ––
Doch lauter krieggewohntes, tapf'res Volk.

Philipp:

Es wird genügen; ich gebiete nun:
Laßt insgesammt sie unter Waffen treten!
Besetzt die Wachen im Palaste doppelt!
Besetzt das Thor! Laßt Niemand fort vom Hofe!
Und sorgt mir auch für Ruhe in der Stadt:
Die Straßen laßt durchzieh'n von starken Haufen:
Habt Ihr verstanden?

Clairmont:

Zu Befehl, mein König!

Philipp:

Doch wenn hier die Versammlung wieder tagt,
Dann stellt auf allen Gängen, welche her
Zu diesem Saale führen, Mannschaft auf.
Wählt die verläßlichsten der Leute aus
Und haltet Euch auf meinen Wink bereit.
Es wird Empörer zu verhaften geben:
Du mußt mit Umsicht mir zu Werke geh'n:
Geläng es nicht ––

Clairmont:

Seid ohne Sorge, Herr:
In einer halben Stunde ist's gescheh'n:
Doch laßt mich eilen!

Philipp:

Geh' und Gott mit Dir!

Clairmont ab.

Philipp (zum Grafen Raymund):
Graf von Toulouse, ich will Euch nun vertrau'n,
Was ich beginne; tretet näher Freund
Und hört mich an!

(Sie treten zusammen in eine Fensternische, die sie den Blicken des
Publikums entzieht.)

Rigord (zu Agnes):
O, ich beschwöre Euch,
Bewahrt ihn vor dem übereilten Schritt!
Er denkt sie zu verhaften; doch es wird
Sich das Gefolge in der Stadt empören;
Die Bürger auch; es ist sein Untergang;
Er rennt in sein Verderben; er verliert
Den Thron für Euch; es kann ja nicht gelingen!
Vergebens wird das Blutvergießen sein!

Agnes:
Die That wird nicht gescheh'n; seid unbesorgt!
Ich bürge Euch dafür — mit meinem Leben! —
Ich will ihn überreden; aber geht,
Beschwichtigt die Gemüther; sagt, ich träte,
Des Reiches Wohl bedenkend, selbst zurück.

Rigord:
Zum Scheine thut's; dann folget meinem Rath!

(Agnes winkt ihm abwehrend, er solle schweigen und gehen;
Rigord ab.)

Agnes (zum Pagen):
Mich dürstet; reich mir einen Becher Wasser!

(Der Page ab.)

Fünfte Scene.

Philipp tritt mit **Raymund** aus der Nische hervor.

Philipp:
Zahn gegen Zahn, und Auge gegen Auge!
Wenn mir der Papst Gewalt zu thun gedenkt,
Ich will ihm nun mit gleicher Münze zahlen!
Und ihre Köpfe bürgen mir dafür,
Daß er sich nun in meinen Willen füge!

Raymund:

Der Plan ist kühn; jedoch er muß gelingen:
Was uns betrifft, wir siegen oder sterben
Mit unsrem König!

Philipp:

Hört mich weiter an! —

(Sie treten wieder in die Nische zurück.)

Sechste Scene.

Der **Page** kehrt mit einem Becher Wasser zurück, welchen er der
Königin kniend kredenzt.

Agnes (den Becher ergreifend, zieht die Phiole hervor und schüttet
den Inhalt derselben hinein; dann erhebt sie den Becher zu den Lippen):

Er wird wohl einen großen Schmerz empfinden,
Doch seine Zukunft wird gerettet sein,
Und seine Liebe wird dem Opfer bleiben!

——————————————————

Was zittert meine Hand? Ich liebe ihn;
Nur meines Lebens Preis kann ihn erretten!
O gib mir Kraft, mein Gott! Laß' mich's vollenden!

(Sie trinkt, gibt dem Pagen den Becher zurück; das Gefäß fällt zu
Boden und zerbricht; der Page prallt erschrocken zurück.)

Agnes:

Entzwei der schöne Becher? — Wie mein Leben!

(zum Pagen):

Wie Du erschrocken bist, Du armer Schelm!
Entferne Dich; es soll Dir nichts gescheh'n
Für deinen letzten Liebesdienst!

(Sie berührt mit der Rechten den Kopf des Pagen, der die Scherben auf-
sammelt; der Page küßt den Saum ihres Kleides; dann ab.)

Agnes (für sich, ihm nachblickend):

Leb' wohl!

Gedenke deiner armen Königin!

Siebente Scene.

Philipp und **Graf Raymund** treten wieder auf die Scene; **Agnes** steht, von ihnen unbemerkt, seitwärts.

Philipp:
Ich wage meine Krone für mein Weib;
Wohl weiß ich das; jedoch sie ist es werth!
Nun schaart um Euch, die mir ergeben sind!

Raymund (abgehend):
Ich eile, Herr! Es wird und muß gelingen!
Gott ist mit uns und unsrer Königin!

(Ab; Agnes tritt nach dem Abgange des Grafen Raymund auf den König zu.)

Philipp:
Wie Agnes, Du noch hier? Ich wünschte sehr,
Du hättest längst zu Deinen Frauen Dich
Zurückgezogen; ernste Dinge werden
Hier bald gescheh'n! Es könnte Blut sogar
Vergossen werden, d'rum entferne Dich!

Agnes (feierlich):
Vollführe nicht, was Du zu thun gedachtest!
Es soll um mich kein Tropfen Blutes fließen;
Gewähre mir die letzte meiner Bitten! —
Erlöset soll das Volk vom Banne werden!
Gib Ingeburg das Recht, das ihr gebührt;
Sei mit ihr freundlich! Hörst Du! Doch gedenke
In Liebe meiner, wenn ich nicht mehr bin!

Philipp:
Was redest Du für irre Worte, Agnes?

Agnes:
Ich rüste mich zu einer großen Reise
Und flüchte meine Liebe in ein Land,
Wohin mich keines Menschen Haß verfolgt.

Philipp:
Um Gotteswillen, sprich! Was soll das heißen?

Agnes:

Mein Philipp, laß mich Lebewohl Dir sagen.
Mein heißgeliebter Gatte, sei gesegnet
Für deine treue Liebe! —

(Sie beginnt zu wanken).

Philipp (sie auffangend, verzweifelnd):

Agnes, Agnes!

Agnes (in des Königs Armen):

Sie wollten Dich um Deiner Liebe willen
Verderben; — doch zu Schanden wird die Tücke, —
Denn stärker als der Tod war meine Liebe!
Gott ist barmherziger als seine Priester; —
Ich zahlte alle Schuld — mit meinem Leben! —

(Sie sind während dessen in die Nähe des Thrones gekommen; der König läßt Agnes zu Boden gleiten und kniet mit einem Fuße nieder, während er sie mit der linken Hand noch immer umfangen hält.)

Philipp:

Nein, Agnes, nein, Du kannst mich nicht verlassen! —
— O, wehe mir, sie stirbt!

(Er trägt sie auf den Thron, wo er sie niedersetzt.)

Agnes (noch einmal sich am Throne halb aufrichtend):

Der Himmel hört —
Den letzten Wunsch der Sterbenden — Du wirst
Gesegnet sein, mein Gatte!

Philipp (verzweifelnd):

Meine Agnes!

Agnes:

Gesegnet sollst Du sein — für Deine Liebe! —
Beklag' mich nicht! — Ich lebt' ein schönes Leben! —
Die Zukunft seh' ich kommen; — riesengroß
Erhebt Dein Name sich! — O, wie sie glänzt —
Auf Deinem Haupt die Krone! —

(Sinkt zurück.)

Philipp:

Wehe mir!

Agnes (sterbend in des Königs Armen):

Der Tod — leb' wohl!

(Stirbt.)

Philipp (stürzt sich aufschluchzend und das Gesicht mit den Händen
bedeckend über die Leiche; nach einer Pause erhebt er sich verstört und
ergreift die Hand von Agnes):

Kalt ist die Hand! — Mein Mädchen,
Mein holdes Mädchen, o, ein einzigmal
Erwache noch! — Umsonst, sie regt sich nimmer! —
Nur einmal noch schlag' Deine Augen auf,
Die süßen, schönen Augen! — Weh, gebrochen! —

(Kehrt sich verzweifelnd ab.)

Achte Scene.

**Vorige; Clairmont; Rigord; Thibeau; Graf Raymund; Erz-
bischof Wilhelm; man hört hinter der Scene verworrenen Lärm.**

Clairmont (tritt von links ein; hinter ihm werden Bewaffnete
sichtbar; zum König):
Mein König, die Befehle sind vollzogen!

(Philipp gibt keine Antwort; Wilhelm, Thibeau, Rigord und
Graf Raymund kommen von rechts auf die Bühne; alle haftig und
in größter Aufregung.)

Wilhelm (zum König):
Mein theurer Neffe, ich beschwöre Euch,
Vollführet nicht, was Ihr beginnen wolltet!

Thibeau:
Das Schloß ist von Bewaffneten umstellt!

Wilhelm:
Was Ihr beginnt, ist Unrecht!

Clairmont:
                              Majestät!

Philipp (dumpf):
Geht in die Stadt! Laßt alle Glocken läuten!

Wilhelm:
Das Interdict —

Philipp (zu Clairmont heftig):
                    Ich sage Dir, Du gehst
Und duldest keinen Widerstand! —

(Clairmont ab.)

Philipp (kehrt sich gegen Agnes; für sich):
                              O, Agnes!

Rigord (aufblickend):

Die Königin in Ohnmacht —

Philipp:

Sie ist todt!

Raymund (sich vor der Leiche niederwerfend):

O, meine Königin! — O, Engel Frankreichs!

(Pause.)

Rigord:

Ein schweres Opfer! — Doch Ihr seid gerettet,
Und Rom verliert!

Philipp (zornig):

Geh' Du mir aus den Augen!

(Rigord ab.)

Thibeau:

Gesegnet soll ihr Angedenken sein!
Die Sonne Frankreichs seh' ich leuchtend steigen;
Geendet ist der fürchterliche Streit;
Das Vaterland hat seinen König wieder!

(Läßt sich vor dem König auf das Knie nieder.)

Philipp (sich fassend, majestätisch):

O, ja: ich werde nun ein König sein;
Ich werde nie mehr irren; nie mehr fehlen!
Denn Alles, was mein Menschenherz bewegte,
Ist nun für mich zu Ende! — Ausgelöscht,
Und starr und todt! — Es bleibt nur noch der König! —
Das werdet Ihr und das wird Rom erfahren! —
Entfernt Euch Alle nun! — Laßt mich allein!

(Die Anwesenden wenden sich zum Abgehen.)

Philipp (zur Leiche zurückkehrend):

Zehn Reiche wogen Deinen Werth nicht auf! —
O, wehe mir! —

Verzweifelnd:

Ein Herz um eine Krone!

Der Vorhang fällt.

Ende.